ナゾノベル

悪魔の思考ゲーム 3

繰り返す3日間

DEVIL'S THOUGHT GAME

著 大塩哲史
絵 朝日川日和

朝日新聞出版

何かを選ぶ時、君は自分の意思で決めているかい？


多くの人は「そうだ」と答えるだろう。

けれどもそれは、本当に自分の意思と言えるだろうか？


たとえばファストフード店で、ポテトのＬサイズが５００円、Ｍサイズが３００円、Ｓサイズが２００円だった時。

たいていの人は、Ｍサイズを選ぶ。

「ゴルディロックス効果」または「松竹梅の法則」と呼ばれる心理学の現象だ。

三つの選択肢《せんたくし》がある時、人間は真ん中を選びがちなんだ。


たとえば誰《だれ》かを好きになる時、めったに会わない人よりひんぱんに会う人のほうが好きになる確率が高い。

これは「単純接《せっ》触《しょく》効果」または「ザイアンス効果」と呼ばれる。
よく知らない商品より、ＣＭで目にした商品のほうが手に取りやすいだろう？
何度も目にするうちに、人間は自然と親しみを覚えてしまうんだ。

このように、人間の行動はさまざまな現象に支配されている。
君が自分の意思で決めたと思ったことも、もしかしたら何かの現象に支配された結果かもしれない。

あらゆる現象を分《ぶん》析《せき》し、人間の行動を計算すれば。
君がこの先何を選び、何を好きになるのかさえ、予測できてしまうかもしれないね。

君の人生は――自分の意思で選び取ったものだと思うかい？

目次

登場人物

在《あり》間《ま》ミノリ

明るくて運動神経バツグンの
中学生。
友達にすすめられ、データに基《もと》づき
未来を予測するアプリ「アポロン」
を使い始めるが……。

思《し》問《もん》 考《こう》

天才的な頭脳と
卓《たく》越《えつ》した思考力を持つ少年。
シコウジツゲン装置を
めぐる争いで、
組織から命を狙《ねら》われている。

会田《あいだ》シオリ

ミノリのいとこの大学生。
現在、就職活動中。

シコウジツゲン装置

今の科学技術では実現できない
「思考実験」レベルの現象を、
実現できる装置。

ラプラス

シコウジツゲン装置を狙《ねら》う
組織「マクスウェル財団」の
リーダー。
その正体は……。

前巻までのあらすじ

の母親を持つミノリは、その治療《ちりょう》をきっかけに、シコウジツゲン装
をともにすることになった。
なか、爆弾魔《ばくだんま》ハッピーメイカーが、世の中を揺《ゆ》るがす大事件を
活躍《かつやく》で、ハッピーメイカーは逮捕《たいほ》されたが、事件の背後にいたのは
置を狙《ねら》う組織だった。
ついに、思問の命を奪《うば》おうと組織が動き始める。

一章

ラプラスの悪《あく》魔《ま》

待ち合わせ

木々の葉っぱがあかね色に変わりはじめた、秋晴れのある日。

私——在間《ありま》ミノリは駅前の広場で、思問考《しもんこう》と待ち合わせた。

新しく買ってもらった深緑のワンピースに、私は秋っぽい茶色い帽子《ぼうし》をあわせた。

ふだん、動きやすい格好ばかりの私にしては、大人っぽいスタイルだ。

別に、おしゃれに興味がわいたわけじゃない。

シコウジツゲン装置——マクスウェル・マシーンを狙《ねら》う組織から目をつけられてるかもしれない以上、いつも同じような格好で人前に出るのは危ないと思ったから。

(そう……それだけだから)

それ以外の理由なんて、特にない。

おめかししたいとか、そういう理由は特に——。

「やあ」

背後からいきなり声をかけられ、私は思わず叫《さけ》び声《ごえ》をあげそうになった。

あわてて振《ふ》り返《かえ》ると、日陰《ひかげ》に思問が立っている。

「どうした？　驚《おどろ》いたような顔をしてるけど」

「うしろから突然《とつぜん》話しかけられたら、びっくりするのが普通《ふつう》でしょ」

「それはすまなかったね」

少しもすまなそうなようすを見せずに、思問は言った。

思問は白衣の下にパーカーを着て、フードを深くかぶってる。

「その格好……顔を隠《かく》すため？」

「そうだ。何かおかしいかい？」

いくつものシコウジツゲン装置を持ってる思問は、私以上に組織から狙《ねら》われてる人物だ。

だから、警戒《けいかい》するのは当然なんだけど。

「むしろ、目立ってるんじゃ……？」

フードを深くかぶってる思問は、ちょっと怪《あや》しく見える。

近くにいる人たちも、思問にちらちら視線を送ってるみたいだ。

「顔さえ隠《かく》せれば、それでいいよ」

思問は平然と言った。

「そういうものなの？」

「君の帽子《ぼうし》も、悪くないね」

「え？　そ、そうかな⁉」

心臓が高鳴るのを、私は感じた。

(早起きして、帽子《ぼうし》を選んだ甲斐《かい》があったな)

なんて、私が思っていると。

「その形なら、監視《かんし》カメラから十分顔を隠《かく》せるからね」

「それだけ……？」

私はあぜんとした。

「ほかの長所は、人混《ひとご》みで見つけやすいってところかな。それ、どんぐりみたいな形してるから」

(どんぐりって……)

言われてみれば、似たような形をしてるかもしれないけど。

(言い方ってものがあるでしょ……！)

モヤモヤした思いがわき上がり、私はずんずん歩きだした。

「行くよ。待たせたら悪いし」
ややキツめの口調で、私は言った。
「……？　あ、ああ」
思問はピンと来てないようすで、私の後に続いた。
（まったく……）
思問は頭の回転はものすごく速いけど、こういうところはあまり気が利《き》かない。
（時間が経《た》てば、変わったりするのかな？）
成長すれば、人間は変わるものだけど。
いくつになっても、変わらない人もいるらしいし。
（……その時になってみないとわからないよね）
気分を切《き》り替《か》えつつ、私は足を前に進めた。

住宅街のはずれにある公園に、私たちは到着《とうちゃく》した。
はしっこにある管理事務所の壁《かべ》にもたれ、公園をじっと観察する。
親子連れが一組、砂場で遊んでいるだけで、ほかに人はいない。

（待ち合わせの時間は、そろそろだけど……）

私が腕時計《うでどけい》に目を落としていると、事務所の角をはさんだななめうしろから声がした。

「そのまま、動かないで」

低い声。大人の男性の声だ。

「こちらに顔も向けないでほしい。いいかい？」

私と思間は横目で見合わせ、うなずいた。

「よろしい。さて……」

プシュ、という音に続いて、ゴクリと喉《のど》を鳴らす音がした。

ななめうしろにいる男性が、缶《かん》コーヒーか何かを口にしたんだろう。

「これから話すことはすべて、休憩《きゅうけい》中の私のつぶやきだ。君たちはたまたま、それを耳にしたにすぎない。誰《だれ》にも言ってはならないし、メモも取ってはいけない。わかってるね？」

「前置きは結構です。本題に入ってください」

気が急《せ》いているのか、思問が先をうながした。

「わかった。では、これまでの取り調べでわかったことを伝えよう」

ななめうしろにいる男性――桂《かつら》マサトさんは警察官で、私の友達、ユキト君のお父さんだ。

ハッピーメイカーと名乗る爆弾魔《ばくだんま》を逮捕《たいほ》したマサトさんは、今、取り調べを行っている。だけど、ハッピーメイカーが引き起こした事件（＊1）には、警察さえ詳《くわ》しく知らないシコウジツゲン装置が関係しているため、捜査《そうさ》は思うように進んでないのだという。

装置について知りたいマサトさんと、ハッピーメイカーに装置を渡《わた》した組織について調べたい思問の思惑《おもわく》が重なった結果、今回特別に、情報を提供してくれることになったのだ。

「ハッピーメイカーこと、片砂武雄《かたすなたけお》の証言によると——彼《かれ》はある日、街角で老人に声をかけられ、装置を渡《わた》されたそうだ」

「老人……？」

「年齢《ねんれい》は60歳《さい》から70歳《さい》の間ぐらい。白衣のような服を着ていたそうだよ。論理的で知識が豊富な、科学者を思わせる人物だったそうだ」

「科学者……」

思問は考《かんが》え込《こ》むように、あごに手を当てた。

シコウジツゲン装置は、現代科学のレベルを超《こ》えた装置だ。そんな装置の持ち主なら、科学に詳《くわ》しい人物っていう可能性はあるかもしれない。

「片砂は、研究者だったはずです。その老人の顔に、見覚えはなかったんでしょうか？」

思問がそう尋《たず》ねると、やや沈《しず》んだ声でマサトさんは答えた。

「同じ質問をしてみたが、心当たりはなかったそうだ。もしも科学の世界で有名な人物なら、片砂が顔を知っていてもおかしくないと思ったんだけどね」

「ふむ……」

思問はそう言ったきり、しばらく黙《だま》り込《こ》んだ。

「ほかに何か、聞きたいことはあるかい？　あまり長い間、仕事を抜《ぬ》けるわけにはいかなくてね」

申し訳なさそうに、マサトさんが言った。

（何か、聞きたいことは――）

「えっと、あの……。ユキト君は元気ですか？」

私がそう尋《たず》ねると、マサトさんが、ぷっ、と吹《ふ》き出《だ》した。

＊1「ハッピーメイカーが引き起こした事件」＝爆弾魔《ばくだんま》「ハッピーメイカー」こと片砂武雄が、命の危機に瀕《ひん》した人たちの状況《じょうきょう》をネットでライブ配信し、視聴者《しちょうしゃ》に命の選択《せんたく》を迫《せま》ったうえ、爆破《ばくは》により人をあやめた事件。ミノリの友達である桂《かつら》ユキトも事件に巻《ま》き込《こ》まれた。詳《くわ》しくは2巻を読もう。

「す、すみません。関係ない質問しちゃって」

「いや、いいんだ。息子《むすこ》のことを心配してくれてありがとう。今はすっかり立ち直って、毎晩のように刑事《けいじ》ドラマを観《み》てるよ」

「よかったです」

「前は、将来の夢なんて教えてくれなかったけど、最近は『警察官になりたい』って口にしてくれるようになったんだ」

照れくさそうに、マサトさんは言った。

（ユキト君、お父さんに言えるようになったんだ……）

じんわり胸が温かくなった。私と出会ったばかりの頃《ころ》は、恥《は》ずかしくてお父さんには打ち明けられなかったみたいだから。

「ユキト君に、応援《おうえん》してる、って伝えてくれますか？」

「ああ、伝えるよ。それじゃ、また――」

マサトさんが立ち去ろうとした時、思問が口を開いた。

「最後に一つ、いいですか？　その老人の見た目について、教えてください」

（見た目……？）

そんなの聞いて、どうするんだろう。

(似顔絵を描《か》く、とか?)

でも、思問に絵心があるなんて話は聞いたことがない。

「見た目か……。片砂によれば、髪《かみ》はほとんど白に近い色だったとか」

「白……」

まあ、お年寄りなら、髪《かみ》が白くてもおかしくはないよね。

「それと、目の色が灰色だったそうだ。特徴的《とくちょうてき》な色だったから、印象に残ったと片砂は言っていたよ」

それじゃ、と言い残し、足早にマサトさんは去っていった。

「灰色の目なんて、めずらしいね」

「……ああ、本当に」

思問はなぜか、けわしい表情を浮《う》かべている。

(そういえば……)

思問の目の色も、灰色に近い色だ。

(……偶然《ぐうぜん》だよね)

きっと、親族に外国人の方がいるとか、そんな理由だろう。
めずらしいけど、まったく見かけないわけじゃないし。
（気にするほどのことじゃないよね）
私は、あまり深く考えないことにした。

その日の夕方。
「何かあるといけないから」と、思問は私を家まで送ってくれた。
（うう……）
心配してくれるのはうれしいけど、なんとなく気恥《きは》ずかしい。
（お父さんやお母さんに見られたら、なんて説明しよう）
普通《ふつう》に、知り合いだって説明すればいいだけなのに。
なんで、私は緊張《きんちょう》してるんだろう。
自問自答しつつ、家までの道を歩いていると。
「おーい」と、進行方向から声がした。
反対側から歩いてきたスーツ姿の女性が、こちらに向かって手を振《ふ》ってる。

（あれは……！）

「知り合いかい？」

「う、うん……！　今日はもう、大丈夫《だいじょうぶ》だから」と、私は思問に言った。

「そうか？　君がそう言うなら――」

「送ってくれてありがとう。また今度ね！」

去っていく思問に礼を言うと、私は自宅の方角に向き直った。

「お帰りなさい、ミノリちゃん」

黒いリクルートスーツを着た女性――会田《あいだ》シオリが、私の家の前に立っている。

「う、うん……シオリさんも、今帰ったところ？」

「そうよ」

シオリさんは、お父さんの姉の娘《むすめ》、つまり私のいとこだ。

大学生で、就職活動のために一時的に私の家に寝泊《ねと》まりしてる。

「その格好、今日も面接に行ってきたの？」

「二本立て続けで、もうクタクタよ。――そんなことより」

シオリさんは、ぐぐっと私の顔をのぞきこんだ。

「さっきの子、お友達？」

「まあ、そんなところ」

「ふーん……」

シオリさんは、思問の去った方角に目をやった。

「遠目にしか見えなかったけど、なかなかイケてたんじゃない？」

「そ、そうかな？」

「いいじゃない、いいじゃない」

ニコニコしながら、シオリさんは私の顔を見つめた。

あわてて私は弁解した。

「べ、別に、シオリさんが考えてるようなことは何も……」

「私、何も考えてないけど？」

ふふん、という顔で、シオリさんは腕《うで》を組んだ。

（やられた……）

私は頭に手を当てた。

大人の人にあしらわれたら、勝ち目がない。

「……とにかく、違《ちが》うからね」

「はいはい。後でいろいろ聞かせてね」

シオリさんはパンプスのかかとをカツカツと鳴らしながら、先に家に入っていった。

小さくため息をつき、私は後に続いた。


夕食後、私はシオリさんと一緒《いっしょ》に食器を片づけた。

「なんだか申し訳ないわね」

シオリさんに食器を渡《わた》しながら、お母さんが言った。

「お部屋をお借りしてるんですから、このぐらい当然ですよ！」

「それじゃ、二人ともよろしくね」

「はーい」

私がシオリさんと食器を洗ってる間、お母さんはお父さんと一緒《いっしょ》にテレビを見ていた。

お母さん――正確にはシコウジツゲン装置によって作られた新しいお母さんとは、以前より自然に話せるようになった。

『私にはお母さんが二人いる』

いつからか私は、そんなふうに考えるようになっていた。

片づけが終わった後、お父さんはシオリさんにビールを飲むかどうか尋《たず》ねた。

「いいんですか？」

シオリさんは肩《かた》をすくめつつも、顔がほころんでる。

「たいへんな時期だからね。よかったら、気晴らしにどうぞ」

シオリさんにビールを渡《わた》すと、お父さんは自分もビールを開けた。

お父さんはふだん、お酒はあまり飲まない。

たぶん、シオリさんが気後《きおく》れしないよう気を使ってるんだろう。

シオリさんはビールを一口飲むと、フーッと息をはいた。

「……んー、癒《い》やされるぅ」

しみじみと、シオリさんはつぶやいた。

「やっぱり、たいへんなの？　就職活動って」

未成年の私は、麦茶片手に尋《たず》ねた。就職活動のことはぼんやりとしか知らないけど、会社について調べたり、何度も面接を受けたり、何かと苦労するって聞いたことがある。

「そうねぇ。自分が入りたい会社に入ろうと思ったら、結構たいへんかもね」

「そっかぁ……」

「まあ今は、便利なアプリもあるし。適性を調べてくれるから、かなり助かってるよ」

「アプリで就職活動か。時代だねえ」

数口しか飲んでないのに顔を赤くしながら、お父さんはつぶやいた。

「シオリさんは、どんな会社に入りたいの？」

「それはもちろん、音楽系の会社に入れたらベストだけどさ」

子どもの頃《ころ》からピアノを習ってたシオリさんは、音楽系の大学に通ってる。昔はピアニストを目指してたそうだけど、同級生のあまりのレベルの高さに度肝《どぎも》を抜《ぬ》かれ、その道はさっさとあきらめたという。

「でも、音楽系のお仕事なんてあんまりないの。だから今は、音楽系以外のお仕事にも応募《おうぼ》してるよ」

苦笑《にがわら》いしながら、シオリさんは言った。

「そうなんだ……」

子どもの頃《ころ》からずっとピアノを習ってて、音楽系の大学にまで行ったシオリさんでも、音楽系のお仕事につけるとは限らないなんて。

（現実って、やっぱり厳しいのかな……）

「理想の仕事につけたらそれが一番だけど、そうじゃなかったとしても気を落とすことはないんだよ」

おだやかな声で、お父さんが言った。

「俺《おれ》も、歴史に関する仕事をしたかったけど、趣味《しゅみ》で十分満たされてるからね」

お父さんは歴史が大好きで、ずっと勉強してたらしい。だけど、歴史をお仕事にするのはとっても難しいそうで、今は全然関係のないお仕事をしてる。そのかわり、古い物を集めることで、歴史欲を満たしてるそうだ。

「そうですよね……」

シオリさんは笑顔《えがお》で答えたけれど、その目は少し複雑そうだった。

（やっぱり、音楽系のお仕事をしたいのかな……）

なんて、私が思ってると。

ふいに、シオリさんがこちらを向いた。

「ミノリちゃんは、夢はあるの？」

「え？　夢？」

「将来、何になりたいとか」

「それは……」

赤くなった顔を隠《かく》すように、私はうつむいた。

「ま、まだ、はっきりとは決めてないかな」

「そうなの？」

シオリさんは首をかしげながら、おつまみのピーナッツに手を伸《の》ばした。

（ごまかしちゃった……）

両親の手前、言い出せなかった。

私にも、夢はある。

なりたいものが、ある。

だけど、なるのは簡単じゃないと聞く。目指すとなったら、覚悟《かくご》が必要だ。

家族の前で口に出せるほど、私の覚悟《かくご》は決まってなかった。

「叶《かな》うかどうかはともかく、夢はあってもいいんじゃない？　日々の励《はげ》みになるかもよ」

私を励《はげ》ますように、シオリさんは言った。

「そうだね……」

うなずきつつ、私は心の中でため息をついた。
いつかは家族に、言わなくちゃならない。
だけど、何て切り出せばいいか――。
そんな私の悩《なや》みをよそに、唐突《とうとつ》にその機会は訪《おとず》れた。

進路希望調査

数日後。

「プリントは行《い》き渡《わた》りましたか？」

授業後のホームルームで担任の先生が配ったプリントには、「進路希望調査」と記されていた。

「三者面談に必要なので、書いてきてくださいね」

クラスの皆《みな》が、ざわめく中。

クラスメイトの一人が、茶化《ちゃか》すように言った。

「それじゃ、適当に書けないじゃん」

「当たり前です！　自分の将来に関することを、適当に書いたら後悔《こうかい》しますよ」

先生の言葉に、笑い声が起こった。

先ほど発言したクラスメイトは、気まずそうに苦笑《にがわら》いしてる。

（進路希望調査かあ……）

ついこないだ、中学生になったばかりのような気がするのに。

もう、将来のことを考えないといけないなんて。

ホームルーム終了《しゅうりょう》後、友達のナミちゃんがプリント片手に話しかけてきた。

「ねえ、ミノリちゃんはなんて書くの？」

「えっと……」

私が答えられずにいると、ナミちゃんは目を輝《かがや》かせながら言った。

「ミノリちゃんはやっぱり、スポーツ選手になるんでしょ？」

「え？」

「水泳でも陸上でも何でもできるし、きっとすごい選手になると思うよ！」

「そ、そうかな……？」

ナミちゃんがほめてくれるのはうれしいし、スポーツ選手はすばらしい仕事だと思うけれど。

スポーツ選手を目指したい気持ちは、私にはない。スポーツは楽しいけど、それをお仕事にしたいとは思わない。

（……そもそも、あんまり目立たないほうがいいし）

私は組織から、狙《ねら》われてるかもしれないのだ。

スポーツの大会で好成績をおさめたら、ネットに名前が出て、目立ってしまうかもしれない。

「私はどうしよっかなあ」

ナミちゃんは眉《まゆ》を寄せながら、ため息をついた。

「運動はミノリちゃんほど得意じゃないし、勉強もそんなに好きじゃないし……」

ナミちゃんは、悩《なや》んでるみたいだった。

(何かアドバイスできればいいけど……)

進路を決めきれてない私に、何が言えるんだろう。

あれこれ頭を悩《なや》ませていると、ふいにナミちゃんがつぶやいた。

「こういう時は『アポロン』に聞いてみよっかな」

「アポロン……?」

聞いたことのない単語だ。キャラクターの名前だろうか?

「ミノリちゃん、知らないの？　アプリだよ」

「そんなアプリがあるの?」

「今、すっごく流行《はや》ってるんだよ？　有名な人が、ネットで紹介《しょうかい》してたさ」

ナミちゃんによると、ネットで商品を紹介《しょうかい》する「インフルエンサー」（＊2）という人たちが取り上げたことをきっかけに、アポロンは流行《はや》り始めたそうだ。

「それ、どんなアプリなの？」

「占《うらな》いアプリなんだけど、的中率がすごいの。たくさんのユーザーからデータを集めて、そのデータに基《もと》づいて先のことを予測するんだって」

「へー……」

私は、あまり占《うらな》いを信じるほうじゃないけど。

データに基《もと》づいてるなら、普通《ふつう》の占《うらな》いアプリとは違《ちが》うのかもしれない。

「ミノリちゃんも、試《ため》してみたら？　自分に合うお仕事が何なのか、わかるかもしれないよ」

ナミちゃんにそう言われた時、私はハッとした。

＊2「インフルエンサー」…インターネットのSNSなどで、たくさんの人に支持されている人たち。特に、その影響力《えいきょうりょく》を生かして商品を宣伝する仕事を行っている人を指す。

（そういえば、シオリさんもアプリを使ってるって言ってたっけ……）

帰宅後。

シオリさんが大学の課題を終わらせたタイミングを見計らい、私は尋《たず》ねた。

「シオリさんが使ってるアプリって、どんなの？」

「これだよ」

シオリさんはスマートフォンの画面を見せた。

アポロンという名のアプリが、画面に表示されている。

（やっぱり……）

「このアプリに、興味があるの？」

「う、うん……。クラスの友達も使ってるみたいで、ちょっと気になって」

シオリさんは私に、アポロンの使い方を教えてくれた。

まず、自分の生年月日や身長、体重などを入力し、次に「好きなもの」や「得意なこと」などいくつかの質問に答える。それで、準備は完了《かんりょう》だそうだ。

その後は、アポロンに質問すればアドバイスをもらえる。

たとえば「明日、どの道を通ればいい？」と質問すると、アポロンは最適なルートを教えてくれる。「何を食べればいい？」と尋《たず》ねると、今の体調や体重を計算に入れた上で、ふさわしいメニューを教えてくれるという。

時には、何も質問せずとも警告してくれることもあるそうだ。

「じゃあ、『どんなお仕事をすればいい？』って質問にも答えてくれるの？」

私がそう尋《たず》ねると、シオリさんはうなずいた。

「私に向いてる仕事は、接客業なんだって」

「セッキャク……？」

「お客さんと、直接やり取りする仕事。人と話すのは好きだから、そういう仕事ができる会社の面接を受けてるんだ」

「ふーん……」

確かに、シオリさんは誰《だれ》とでもすぐに打ち解けられるタイプだと思うけど。

今までずっと音楽の勉強を続けてきて、音楽関係のお仕事をしたがってたシオリさんが、音楽とは関係ないお仕事になじめるんだろうか。

「ねえ、一つ聞いてもいい？」

「何？」

「アプリのアドバイスに従って、お仕事を選んで……後悔《こうかい》しない？」

口に出した直後、私は（しまった……）と思った。

シオリさんだって、いろいろ考えて、悩《なや》んで、決めたはずなのに。

まだ子どもの私に、こんなこと言われたらムッとするかもしれない。

「ごめんなさい。生意気なこと言っちゃって」

「別にいいよ、ミノリちゃん」

シオリさんはさわやかな笑《え》みを浮《う》かべながら、私の頭をなでた。

「人生のちょっとだけセンパイとして、答えられることは答えるよ」

「……ありがとう」

「後悔《こうかい》しないかどうか、ねえ」

シオリさんは考《かんが》え込《こ》むように、口元に手を当てた。

「自分一人で判断できれば、苦労しないけど……。私、この歳《とし》までずっと、音楽一筋だったからさ。ほかに何ができるのか、自分ではよくわからなくて」

「そうなんだ」

「このアプリは、自分以上に自分のこと、わかってくれてるんだ」

「自分以上に……？」

「どんな服を着たらいいか、とか、面接でどんな話をしたらいいか、とか、全部教えてくれるんだよ」

「そんなことまで⁉」

「すごく便利だよ。ミノリちゃんも、使ってみたら？」

「うーん……」

ナミちゃんにも、すすめられたけど。

その時と同じく、使いたい気持ちにはなれなかった。

（確かに便利だろうけど……）

自分の着る服ぐらい、自分で選びたい。

思問には、どんぐりみたいって言われるかもしれないけど。

「ちょっと、考えてみるね」

私がそう言うと、なぜかシオリさんは心配そうな目で私を見つめた。

「使ったほうがいいと思うよ。不幸になりたくなかったら」

「不幸って？」

「幸福になる道と不幸になる道が、あらかじめわかっていたら……誰《だれ》だって、幸福になる道を選ぶでしょ。それがわからないまま進むのは、不安じゃない」

どことなく寂《さび》しさを感じさせる表情で、シオリさんはつぶやいた。

事故

日曜日。

スポーツバッグに着替《きが》えを詰《つ》め、私は家を出た。

今日は、ダンス教室の日だ。

五歳《さい》の頃《ころ》から続けていて、大会に出たこともある。

合気道を続けてるのは護身《ごしん》のためだけど、ダンスは単純に、私が好きだからだ。

音楽に合わせて体を動かすのも楽しいし、誰《だれ》かが踊《おど》ってるのを見るのも楽しい。

発表会の場で、たくさんの人が息を合わせて踊《おど》る場面を見ると、興奮で胸がドキドキする。

(今日もがんばるぞ……！)

心の中で、私は気合を入れた。

ダンスを習うことは、私の夢につながってる。

叶《かな》うかどうかはわからないけど、一歩ずつ近づいていけば、いつかは実現するかもしれない。

徒歩五分のバス停に到着《とうちゃく》した私は、ベンチに腰掛《こしか》け、バスが来るのを待った。

小学校低学年までは自宅近くのダンス教室に通ってたけど、本格的に学びたい私の気持ちを酌《く》んでくれた両親は、街の中心にある大きなダンス教室に通うことを許してくれた。

やがて到着《とうちゃく》したバスに乗《の》り込《こ》んだ私は、車内の光景に首をひねった。

（あれ……？）

なぜか、乗客がほとんどいない。

いつもなら、ショッピングに出かける家族連れや、遊びに行く高校生でごった返してるのに。

今日はどういうわけか、お年寄りの方が二人乗っているだけだ。

（何かあったのかな……？）

気になりつつも、私は窓際《まどぎわ》の席に座《すわ》った。

バスはゆっくりと動き出す。

道沿いに立つ木々の葉っぱはますます色が濃《こ》くなり、秋まっさかりといったようすだ。

バスの揺《ゆ》れとおだやかな日差しに、私が少しウトウトしかけた時。

窓の外から「キャー」と悲鳴が聞こえた。

(何……?)

ふらふらとよろめくように走る自動車が、前方から向かってくるのが見えた。

「嘘《うそ》……!?」

自動車は右に左に揺《ゆ》れながら、急速にバスに近づいてくる。道路の真ん中に引かれた白線をはみだすこともしばしばで、このままではぶつかってしまう。

バスの運転手さんは、自動車をよけようと左に大きくハンドルを切った。

急に方向を変えたため、バスの車体が傾《かたむ》く。

「ひぃいっ!」

右ななめ前に座《すわ》ってたおばあさんが、悲鳴をあげた。

私はとっさに手すりをつかみ、もう片方の手でおばあさんを支えた。

「大丈夫《だいじょうぶ》ですか?」

「ひぃ、ひぃい……」

おばあさんはパニック状態で、小刻みに震《ふる》えてる。

「ダメだ……!」

バスの運転手さんが、そうつぶやくのが聞こえた。
とっさに顔をあげると、バスがガードレールに向かっていくのが目に入った。
(まずい……!)
私はおばあさんを強く抱《だ》きしめ、座席の上で体をかがめた。
次の瞬間《しゅんかん》。
ガシャーン、とけたたましい音を立て、バスはガードレールに衝突《しょうとつ》した。
衝撃《しょうげき》で、体が前方の座席に押《お》しつけられる。
胸が圧迫《あっぱく》され、息が止まりそうになった。
キーンと耳鳴りがして、何も聞こえない。
(体を、起こさないと……)
座席に手首をついた時、ズキリ、と痛みが走った。
事故の衝撃《しょうげき》で、痛めてしまったのかもしれない。
顔をしかめながら、なんとか体を起こすと、おばあさんの青ざめた顔が見えた。
おばあさんは目を閉じており、少しも動かない。
「おばあさん……しっかりしてください!」

私が呼びかけると、おばあさんはうっすら目を開けた。
呼吸もしっかりしていて、脈もあるみたいだ。
(よかった……)
ホッとすると、手首の痛みが強くなってきた。
緊張《きんちょう》の糸が切れたせいかもしれない。
遠くから、サイレンの音が聞こえる。
誰《だれ》かが救急車を呼んでくれたんだろう。
(レッスンには、行けそうもないな……)
残念な気持ちになったけど、私はすぐに考えを改めた。
これほどの事故にあって、命を失わずに済んだのだ。
むしろ今は、喜ぶべきなんだろう。

救急車に乗せられた私は、病院でいくつもの検査を受けた。幸いにも、目立った異常はなく、手首を軽くねんざしただけだった。病院に駆《か》けつけたお父さんとお母さんは顔を真っ青にしていて、私よりも体調が悪そうに見えた。

その日は早めにベッドに入り、ぐっすり眠《ねむ》って起きた翌朝。

「今日は休んでもいいのよ?」と心配するお母さんを説《と》き伏《ふ》せ、私は学校に行った。

昨日の事故のことはニュースで報道されたらしく、クラスの皆《みな》が私を取り囲んだ。

「生きててよかったな」

「あの車、故障してたらしいぞ」

「手首の怪我《けが》、大丈夫《だいじょうぶ》?」

「平気だよ」

私は包帯の巻かれた手首を軽く振《ふ》ってみせた。

まだ少し痛いけど、一週間もすれば治るだろう。

「本当に……無事でよかった」

ナミちゃんが目をうるうるさせながら、ため息をついた。

「大げさだよ」

「今度からは、ちゃんと気をつけてね」

「え……?」

ナミちゃんの言葉に、私は首をかしげた。

（ちゃんと気をつけるって、どういうこと……？）
私はただ、バスに乗っただけだ。事故に巻《ま》き込《こ》まれたのは、不幸な偶然《ぐうぜん》だ。
衝突《しょうとつ》の直前は、できる限り身の安全を守ろうとした。
自分にできることは、やったはずなのに。
「これ、見てよ」
ナミちゃんはスマートフォンの画面を見せた。
画面には、ＳＮＳの書《か》き込《こ》みが表示されている。
『あのバス、乗らなくてよかった……』
『アポロンの予言どおりだったな』
『街の大通りで、交通事故が起こるってやつだろ？』
『アポロンが教えてくれなかったら、私もあのバスに乗ってたよ』
（嘘《うそ》……まさか……）
私はゴクリ、とつばをのんだ。
これらの書《か》き込《こ》みが、事実なら。
あの事故は、事前に予測されてたってことになる。

（そういえば――）

あのバスは、乗客がとても少なかった。

私以外に乗ってたのはお年寄りで、運転手さんも白髪《しらが》まじりのおじさんだった。

あのバスに乗るはずだったほかの人は、アポロンの予言を信じて、バスに乗ることをやめたのだろう。

「次からは、ミノリちゃんも、ちゃんとアポロンを使ってよね」

ナミちゃんはけわしい顔で、私にそう言った。

将来

放課後。

私が帰り支度《じたく》をしていると、クラスの友達の話し声が耳に入った。

「進路希望調査、何て書いた？」

「第一希望は、山陽高校にした。あそこなら、大学進学率も高いらしいし」

「そうなの？　お前、美術系の学校に行きたいって言ってたじゃん」

「そうだけどさ、アポロンに聞いたら、そっちを目指しても成功しないんだって。先生にも、『たいへんな道だよ』って言われたしな」

「そっか……。それなら、しかたないな」

少し前の私なら、アプリがすすめるとおりに進路を決めるなんておかしい、って思ったかもしれない。

だけど――。

事故の記憶《きおく》は、私の脳にくっきり焼きついてる。

事前にアポロンに聞いておけば、あのような事故にあわずに済んだのだ。

大怪我《けが》はしなかったとはいえ、タイミングが少しずれてたら、この場に私はいなかったかもしれない。

（やっぱり、アプリを使ったほうがいいのかな……？）

私のカバンの中には、進路希望調査が入っている。

自分の名前以外、まだ何も書かれていない。

アポロンに質問すれば、どんな仕事が向いてるのか教えてくれるのかもしれないけど。

もしもその仕事が、自分の夢とはまったく違《ちが》ったものだったら。

私は素直《すなお》に、従えるだろうか？

それとも、うまくいかないとわかっていながら、夢を目指すんだろうか？

考えても、答えは出なかった。

「それで、僕《ぼく》のところに来たのかい？」

いきなり自宅を訪《おとず》れた私を、思問はリビングに招き入れ、レモンジュースを出してくれた。

「ごめんね。思問とは関係のないことなのに……」

「関係ないことはないよ。そのアプリのことは、僕《ぼく》も調べている最中だ」

「そうなの？」

思問が調べてるってことは、もしかして――。

「アポロンは、シコウジツゲン装置と関係があるの？」

「それはまだわからない。その可能性はあると思うけどね」

「そっか……」

シコウジツゲン装置は、ものすごい力を持つ装置だ。普通《ふつう》なら不可能なことでも、簡単に実現してしまう。

だけど――その力に頼《たよ》るほど、装置を使う人は自分で考える力を失ってしまうかもしれない、とても恐《おそ》ろしい装置でもある。

(もしもあのアプリが、シコウジツゲン装置と関係してるなら……)

手を出すのは、危険かもしれない。

だけど、このままアプリを使わずにいるのも、安全とは言えない気がする。

なにしろあのアプリは、バス事故を事前に予測した。

これから先、アプリを使わなかったら、あのようなトラブルを避《さ》けられないかもしれない。

（もしも、命を落とすようなことになったら……）

背筋がゾクリと震《ふる》えた。

（私は、どうすれば……）

私が浮《う》かない顔をしてることに気づいたのか、思問が口を開いた。

「アプリを使ってみたいと思うかい？」

「そ、それは……」

そうだ、とも、違《ちが》う、とも言えなかった。

そんな私を見つめながら、思問は言った。

「少しの間、試《ため》してみればいい」

「え？」

「そのアプリがどのようなものか、自ら体験してみたら？」

「でも……シコウジツゲン装置と、関係してるかもしれないんでしょ？」

「そうだね」

「だったら、使うのは危険なんじゃ――」

「もちろん、危険はともなうだろうね。だけど、体験してみないとわからないこともある」

「そういうものなの？」

「僕《ぼく》だって、いざという時には装置を使ってるだろう？」

確かに、ここぞというタイミングに限り、思問はシコウジツゲン装置を使ってる。

「どんなものにも、良い面と悪い面があるんだ。ゲームは気晴らしになるけど、長時間やり続けると健康をそこなうかもしれない。シコウジツゲン装置は恐《おそ》ろしい装置だけど、現実を変えられるすごい力を持ってることも確かだろ？」

複雑な表情で、思問は言った。

「そっか……。じゃあ、少しの間だけ使ってみようかな」

「そうするといい。もしも君がアプリに熱中しすぎて、危険だと判断した時は――」

力のこもった目で、思問は私を見つめた。

「どんな手を使ってでも、僕《ぼく》が止めてみせるよ」

「あ、ありがとう……」

思問の気迫《きはく》にたじろぎながら、私はお礼を言った。

翌日。

自宅を出る直前、私はアポロンに尋《たず》ねた。

「いちばんいい通学ルートを教えて」

「かしこまりました」

機械的な音声でアポロンが応答し、スマートフォンの画面に地図が表示された。

地図上には、赤い線が記されている。この線が通るべきルートなんだろう。

（いつもの道と、少し違《ちが》う……？）

それは、学校にいちばん早く着く道より少し遠回りするルートだった。

（わざわざ遠回りするなんて、おかしな話だけど……）

アポロンの指示に従わなかったら、トラブルが起こるかもしれない。

私は画面に表示されたとおりの道を歩き、学校に向かった。いつもなら薬局の前で左に曲がるところを、今日はまっすぐ進む。

しばらく歩くと、道路脇《わき》で中年の男性がしゃがみこんでるのが見えた。

「まいったな……」

男性は側溝《そっこう》の金網《かなあみ》を見つめながら、ため息をついた。

「どうしたんですか？」

「とても大切な物を、この中に落としてしまってね」

（大切な物？）

結婚《けっこん》指輪か何かだろうか。

「手伝いますよ」

「本当かい？　助かるよ」

私は男性と共に金網《かなあみ》に指をかけ、力いっぱい引き上げた。

金網《かなあみ》を脇《わき》にどけると、男性は中をのぞく。

黒いヘドロが溜《た》まってるだけで、特に何も見当たらない。

「奥《おく》のほうに転がっていってしまったのかな……？」

男性は幅《はば》四十センチほどの側溝《そっこう》に体をねじこもうとしたけれど、肩《かた》がつかえてうまくいかないみたいだ。

私はため息をつき、「かわりますよ」と言った。

ヘドロの中に入るのは嫌《いや》だけど、大切な物のためならしかたない。

私は靴《くつ》と靴下《くつした》を脱《ぬ》ぎ、側溝《そっこう》に下り立った。
溝《みぞ》の奥《おく》に体をねじ入れ、懸命《けんめい》に手を伸《の》ばす。
すると、指先に何かが触《ふ》れた。
つかみ取り、手元に引き寄せる。
それは、ヒヨコの体に細く長い足がついた奇妙《きみょう》な人形だった。
(まさか、これ……?)
どこからどう見ても、子どものおもちゃだ。それほど価値のある物とは思えないけど
——。

私はその人形を男性に見せた。

「あの……まさかとは思いますが、これじゃないですよね?」

「まさに、これだよ! 本当に、ありがとう!」

男性は私の手を握《にぎ》り、満面の笑《え》みを浮《う》かべた。

(嘘《うそ》でしょ……?)

大切な物だって聞いたから、ヘドロの中に入ったのに。

その成果が、こんなおもちゃだなんて。

私ががっかりしてると、遠くからチャイムの音が聞こえた。

「キーン、コーン……」

（いけない……！）

このままでは、遅刻《ちこく》してしまう。

私は側溝《そっこう》から道にあがると、靴《くつ》と靴下《くつした》を拾った。

「それじゃ、学校がありますので！」

「待ってくれ。君の名前は――」

「お礼なら、結構ですから！」

ヘドロだらけの足では、靴下《くつした》をはけない。

私はしかたなく、裸足《はだし》で猛《もう》ダッシュした。


「はあ……」

なんとか授業には間に合ったけど、私の気分は晴れなかった。

足の汚《よご》れは洗い流せたけど、ブラウスについたヘドロは洗っても落ちなかった。

落とし物が結婚《けっこん》指輪か何かだったら、誇《ほこ》らしい気持ちになれただろうけど。

あんなおもちゃだって知ってたら、ここまでがんばらなかっただろう。

(アポロンも、あてにならないなあ……)

内心私はつぶやいた。

人助けは良いことなので、できる限りしたほうがいいんだろうけど。

私自身にとっては、服が汚《よご》れただけで、得したことはなかった。

(まあ、占《うらな》いアプリなんてこんなものだよね)

アポロンがバスの事故を予言できたのは、たまたまだったのかもしれない。

日々、たくさんのアドバイスをしていれば、ごくまれに未来を言い当てることもあるだろう。

きっと、ほとんどのアドバイスは当たることもなく、忘れ去られていくだけなのだ。

(そういうことなら、アポロンに頼《たよ》る必要もないかな)

その日はそれ以上アポロンに尋《たず》ねることもなく、放課後を迎《むか》えた。

ジャージに着替《きが》え、私はグラウンドに向かった。

一時的に参加してる女子サッカー部の活動に加わるためだ。

女子サッカー部は人数が少なく、助《すけ》っ人《と》を呼ばなければ試合に出られない。

部費も少ないため、練習用のユニフォームなんてものはなく、肝心《かんじん》のサッカーボールさえ限られた数しかない。

そんな、数少ないサッカーボールの一つが――。

「シュー……」

練習中、空気の抜《ぬ》ける音がしたかと思うと、見る間にしぼんでいった。

年季の入ったボールを大事に使ってきたけれど、さすがに限界がきたみたい。

「貴重なボールなのに……」

部長のカズサが、がっくりと肩《かた》を落とした。

部員一人あたり一つもボールがないのでは、リフティングの練習さえできない。

パス回しの練習を、いくつかのグループに分けて行うこともできない。

「大会近いのになあ」

「そうだね……」

落《お》ち込《こ》むカズサをなだめつつ、何かいい方法がないか考えていたところ。

グラウンドの端《はし》から、誰《だれ》かがこちらに向かってくるのが見えた。

別の服を着てたから、最初は誰《だれ》だかわからなかったけれど。

よく見ると、その人は今朝会った中年の男性だった。

「あなたは……！」

「やあ、今朝は本当にありがとう」

こちらに手を振《ふ》りながら、男性は言った。

男性に続いて、誰《だれ》かがグラウンドにやって来た。

（校長先生……！）

見知らぬ男性と校長先生が突然《とつぜん》現れたため、まわりの友達はざわめいてる。

「話は聞いたよ。在間《ありま》さんは今朝、こちらの方を助けたんだってね」

校長先生は息を弾《はず》ませながら、私に言った。

「た、助けたなんて、そんな……」

私はただ、おもちゃを拾っただけだ。それほど感謝されるようなことは、してないはずなんだけど。

「いやいや、君のおかげでうちの会社は救われたんだよ！」

中年の男性は、笑顔《えがお》でそう言った。

男性は、おもちゃを作る会社を経営してるそうだ。

今日は地域おこし用のキャラクター、いわゆる「ご当地キャラ」グッズのプレゼンをする日で、あのおもちゃは完成したばかりのサンプルだという。

プレゼンまでにサンプルを見せられなければ、取引先の信用を失い、億単位の注文を失ったかもしれないと男性は言った。

「わが社にとって、君は恩人だ。君は今朝、お礼はいらないと言ったけれど、私は感謝の気持ちを形にしたい。校長先生と相談した結果、私はこの学校に寄付することにしたよ」

熱のこもったまなざしで私を見つめながら、男性は言った。

男性の隣《となり》で、校長先生はにこやかな表情を浮《う》かべてる。

「寄付金の使い道だけど、何かいいアイデアはあるかな？　欲《ほ》しい本があれば図書館に贈《おく》ろう。実験道具でも何でもかまわないよ」

「それなら――」

グラウンドに転がった、つぶれたサッカーボールが目に入った。

「女子サッカー部のために、サッカーボールを寄付してくれませんか？」

私がそう言うと、まわりからワッと歓声《かんせい》があがった。

「いいの？　ミノリ」

カズサが目をうるませながら、私の両肩《りょうかた》をつかんで尋《たず》ねた。

「練習に必要なんでしょ？」

「ありがとう……！」

カズサは感極《かんきわ》まったようすで、私に抱《だ》きついた。

「すぐに手配するよ。大きな箱いっぱいに送るから、期待して待つといい」

男性がそう言うと、グラウンドに拍手《はくしゅ》と歓声《かんせい》が響《ひび》き渡《わた》った。

（すごい……すごい……！）

皆《みな》の声援《せいえん》を受け止めながら、私は心の中でアポロンに感謝した。

今朝、いつもの道を通ってたら、あの男性に会うこともなく、サッカーボールを新たに手に入れることもできなかっただろう。

今日何が起こるのか、アポロンは事前に知っており、どう行動するのが最善か、あらかじめ教えてくれたのだ。

（なんてすごいアプリなんだろう……！）

それからというもの。

私は何をする時も、まずアポロンに尋《たず》ねるようになった。

お出かけする時も。

買い物に行く時も。

遊びに行く時も。

アポロンに尋《たず》ねれば、ベストな選択《せんたく》をあらかじめ教えてくれる。

アポロンに指示された道を通ったことで、誰《だれ》かが落としたお財布《さいふ》を発見し、お礼にお小遣《こづか》いをもらえたこともあった。大きな犬が逃《に》げ出《だ》し、何人もの子どもを噛《か》んだ事件が起こった時も、アポロンのアドバイスにより、犬に近づかずに済んだ。

アポロンの言うとおりにすれば、幸運が訪《おとず》れ、不幸は遠ざかるのだ。

そんなふうに、楽しく暮らしてたある日のこと。

私はカバンの中に、進路希望調査を見つけた。

(そろそろ書かなきゃ……)

三者面談は、間近に迫《せま》ってる。

希望する進路を書いて出さないと、親にも先生にも心配されるだろう。

(なんて書こうかな……)

迷ってると、デスクに置かれたスマートフォンが目に入った。

恐《おそ》る恐《おそ》る手に取り、アポロンを起動する。

「ねえ、アポロン」

「はい、何でしょう」

いつものように、機械的な音声でアポロンが応答する。

「私……振付師《ふりつけし》になれるかな？」

振付師《ふりつけし》――アイドルやダンサーに、ダンスの振《ふ》り付《つ》けをするお仕事。それが、私の夢だ。

ダンスが好きで、私はこれからもダンスに関《かか》わっていたい。けれども私自身がダンサーになることには、そこまであこがれない。

私は自分自身が輝《かがや》くより、誰《だれ》かの役に立ちたいほうだ。これまでいろいろな部のサポートをしてきたのも、誰《だれ》かの活躍《かつやく》を後押《あとお》ししたいからだ。

たくさんのダンサーがステージ上で輝《かがや》くお手伝いができたら、それに勝《まさ》る喜びはない。その夢を叶《かな》えるためには、早いうちから動き出すほうがいい。ダンス部が強い高校か、もしくは体育科のある高校に進学し、ダンスの腕《うで》を磨《みが》き続ければ夢に近づくはず。そんなふうに思っていたけど――。

アポロンの告げた答えは、想像以上に厳しいものだった。

「あなたが振付師《ふりつけし》として仕事をすることは、不可能です」

「え……？」

「ダンスの実力、振《ふ》り付《つ》けのセンス、パフォーマーからの信用など、振付師《ふりつけし》になるためには多くのハードルをクリアする必要があります。あなたがそれらのハードルをクリアできる確率は、限りなく低いでしょう」

「そんな……」

血の気がさっと引いていくのがわかった。

ずっと思《おも》い描《えが》いてた夢を、こんなにもあっけなく否定されるなんて。

「じゃ、じゃあ……私はこの先、何をすればいいの？」

「あなたに向いている職業は、教師です」

「教師……？」

「あなたは運動神経に恵《めぐ》まれ、他人を思いやる共感性もそなえています。体育の教師になれば、生徒を適切に指導できるでしょう」

（私が、学校の先生に……？）

漠然《ばくぜん》とイメージしてみたけど。

なんだか、しっくりこない。

学校の先生は、朝から晩まで生徒たちを指導する、たいへんなお仕事だ。

教師というお仕事に対するあこがれや、理想がなかったら、なかなか続けられないんじゃないだろうか。

「どうしても、振付師《ふりつけし》にはなれないの?」

「振《ふ》り付《つ》けに関心があるなら、ダンス教室の先生にも適性があるでしょう」

(ダンス教室の先生か……)

それなら、振《ふ》り付《つ》けはできる。対象はプロのダンサーではなく、ダンスを習う子どもたちになるだろうけど。

それはそれで、きっと楽しいだろう。

(だけど――)

ダンス教室の先生になるのは、振付師《ふりつけし》を目指して精《せい》いっぱい努力した後でも、遅《おそ》くはない気がする。

ある程度業界で名を知られた存在のほうが、生徒も集めやすいはずだ。

「ねえ……振付師《ふりつけし》を目指すことさえ、やめたほうがいいの?」

「目指すのは自由ですが、時間の無駄《むだ》です」

アポロンの機械的な音声が、いつもよりさらに冷たく感じられた。

何も書かれてない進路希望調査をカバンに入れ、私はまた、ふらふらと思問の家に足を運んだ。

「どうだった？　アポロンを使ってみた感想は」

桃《もも》ジュースを差し出しながら、思問は私に尋《たず》ねた。

「すごいアプリだってことは、よくわかったけど……」

もじもじしながら、私は言った。

「この先ずっと、このアプリを使い続ける気にはなれないよ」

アポロンから、振付師《ふりつけし》はあきらめろと言われた夜。

私は満足に眠《ねむ》ることもできず、ずっと考え続けた。

もしもアポロンの指示どおりに、振付師《ふりつけし》をあきらめ、教師を目指したとして。

私は、幸せになれるだろうか？

これまでの経験からすると、アポロンの指示は当たってるんだろう。

ラプラス

教師という仕事は、私に向いてるのかもしれない。

夢に挑戦《ちょうせん》することもなく、アポロンに言われるがまま進路を選んでしまったら。

（だけど――）

私はこの先、「選ばなかったほうの人生」について考え続けるだろう。

事あるごとに、「もしもあの時挑戦《ちょうせん》してたら」って、思わずにはいられない気がする。

「そんなふうに思ったら、アポロンの指示に従う気にはなれなくて……」

「アポロンの指示に従わなかったら、不幸な事故に巻《ま》き込《こ》まれるかもしれないよ？」

「……そうだとしても、しかたがないよ」

アポロンに従えば、事故は回避《かいひ》できるかもしれない。

だけどそのために、夢に挑戦《ちょうせん》することをやめろと言われたら、答えはノーだ。

たとえ最終的に、夢をあきらめることになったとしても。

挑戦《ちょうせん》しきった上でなら、きっぱりあきらめられる。

挑戦《ちょうせん》しないままなら、夢は私の心の中で、ずっとくすぶり続けるだろう。

「それが君の答えか」

そう言うと、思問は自分の口を押《お》さえた。

くく、という声がもれ聞こえてくる。

「もしかして、笑ってる……？」

「すまない、我慢《がまん》しきれなくてね」

「何がおかしいワケ？」

思問はたまに、不思議なタイミングで笑いだす。

何度か深呼吸して笑いを落ち着かせた後、思問は言った。

「君は、めずらしい人だね」

「え？　どういう意味？」

「アポロンは、恐《おそ》るべきアプリだ。たいていの人はこのアプリに頼《たよ》りがちになり、アプリの指示に従う人生を送ることになるだろう。だけど君は、そうなる前に立ち止まり、自分の人生を自分で選ぼうとしてる。そのような道を選べる人は、あまりいない」

「そうなのかな……？」

思問は私をじっと見すえ、かしこまった調子で言った。

「自ら判断し動ける――それこそが君の強みだと、僕《ぼく》は思うよ」

「そ、そう……？　ありがとう」

なんとなくほめられた気がしたので、私はお礼を言った。

「さて。それじゃ僕《ぼく》からも、話していいかな？」

「話って？」

「シコウジツゲン装置の話だよ。調査の結果が出たんだ」

思問はタブレットを取り出すと、画面に資料を表示させた。

難しい言葉や複雑な数値が並んでいて、何の資料だか私にはわからない。

「これ、何……？」

「アポロンを解析《かいせき》したものだ。このアプリはサーバーと通信を行っているだけで、それ以外には何の機能もない。このアプリ単体では、ユーザーにアドバイスすることも、警告を発することもできないんだよ」

「えっと……つまり……？」

「アポロンの占《うらな》い機能は、別の装置の機能を借りている……ってことだ」

ハッとして、私は顔をあげた。

「まさか――」

「予想どおり、このアプリはシコウジツゲン装置と連動している。数あるシコウジツゲン装置の中でも最強と呼ぶにふさわしい装置――『ラプラスの悪魔《あくま》』とね」

「ラプラスの悪魔《あくま》……」

悪魔《あくま》とはまた、おどろおどろしい名前だ。

「それ、どんな装置なの？」

「アポロンを通じて君も体験しただろ？　ラプラスの悪魔《あくま》は、未来を予知できる装置だよ」

「未来を……？」

これまで見てきたさまざまなシコウジッゲン装置は、どれもすごい機能を持っていたけど。

未来を予知するとは、群を抜《ぬ》いてすさまじい。

「そんなことが、可能だなんて……」

「簡単に、仕組みを説明する」

思問は棚《たな》からビー玉がぎっしり詰《つ》まった袋《ふくろ》を手に取った。

ビー玉をいくつか取り出すと、思問はテーブルの上に並べた。

「何してるの？」

「この世界にあるものはすべて、原子でできている。そのことは、君も知ってるだろ？」

「うん」

理科の授業で習った気がする。

椅子《いす》も、テーブルも、私の体も、あらゆるものは原子でできてるって。

「ここに並んだビー玉を、この世界にある原子だと思ってほしい。では、問題だ」

「問題?」

「今から十秒後、これらのビー玉はどの位置にある?」

「十秒後……?」

私はテーブルに並んだビー玉を見つめた。傾《かたむ》きのないテーブルに置かれたビー玉は、じっと動かない。

「このまま、この位置にあるんじゃないの?」

「正解だ。では、第二問」

思問はビー玉を一つ取り出すと、テーブルの端《はし》に置いた。

その近くで、思問は指で輪っかを作り、ぐっと力をこめる。

「このビー玉を弾《はじ》いてから十秒後、これらのビー玉はどの位置にある?」

「ええ……?」

弾《はじ》かれたビー玉は、別のビー玉に当たるかもしれない。そのビー玉も、別のビー玉に当たるかもしれない。そんなことが何度か繰《く》り返《かえ》されたら――。

「ちょっと……わからない」

「人間の力では、予測は難しいだろうね。だけどコンピューターを使えば――」

思問はタブレットを操作し、アプリを立ち上げた。

画面には、ボールがいくつか並んでる。

テーブルに並んだビー玉と、同じ配置だ。

思問がタブレットの画面をタッチすると、画面の端《はし》から一つのボールが打ち出された。

ボールは別のボールに当たり、そのボールも別のボールに当たり……。

ビリヤードのように、衝突《しょうとつ》が何度か繰《く》り返《かえ》され、ボールは画面上に散らばった。

「コンピューターを使えば、ボールがどのようにぶつかり、どのように移動するか、予測できる。これと同じことを、『世界に存在するすべての原子』に対して行っているのが、ラプラスの悪魔《あくま》だ」

「は……?」

あまりにスケールが大きすぎて、脳が一瞬《いっしゅん》フリーズした。

「世界に存在する、すべての原子って……」

「文字どおり、すべてだよ。この街や、この家や、君の体を構成する原子の一つ一つさえ、ラプラスの悪魔《あくま》は把握《はあく》している。どの原子が数秒後にどこに存在するのか、予測できるんだ」

そう言うと、思問はテーブルの端《はし》に置かれたビー玉を弾《はじ》いた。

ビー玉は別のビー玉にぶつかり、そのビー玉も別のビー玉にぶつかり……。

ビー玉はテーブル中に散らばった。

ビー玉の配置は、タブレットの画面に表示されたボールの配置と一致《いっち》してる。

(すべての原子の動きを予測するなんて……)

この世界にあるものは、原子でできてる。

原子がどのように移動するかがわかれば、確かに、未来は予測できるだろう。

ビリヤードの達人《たつじん》が、ボールの移動を予測できるように。

「だけど……世界って、ものすごく広いでしょ?」

「そうだね」

「その中にあるすべての原子の動きを、予測なんてできるの?」

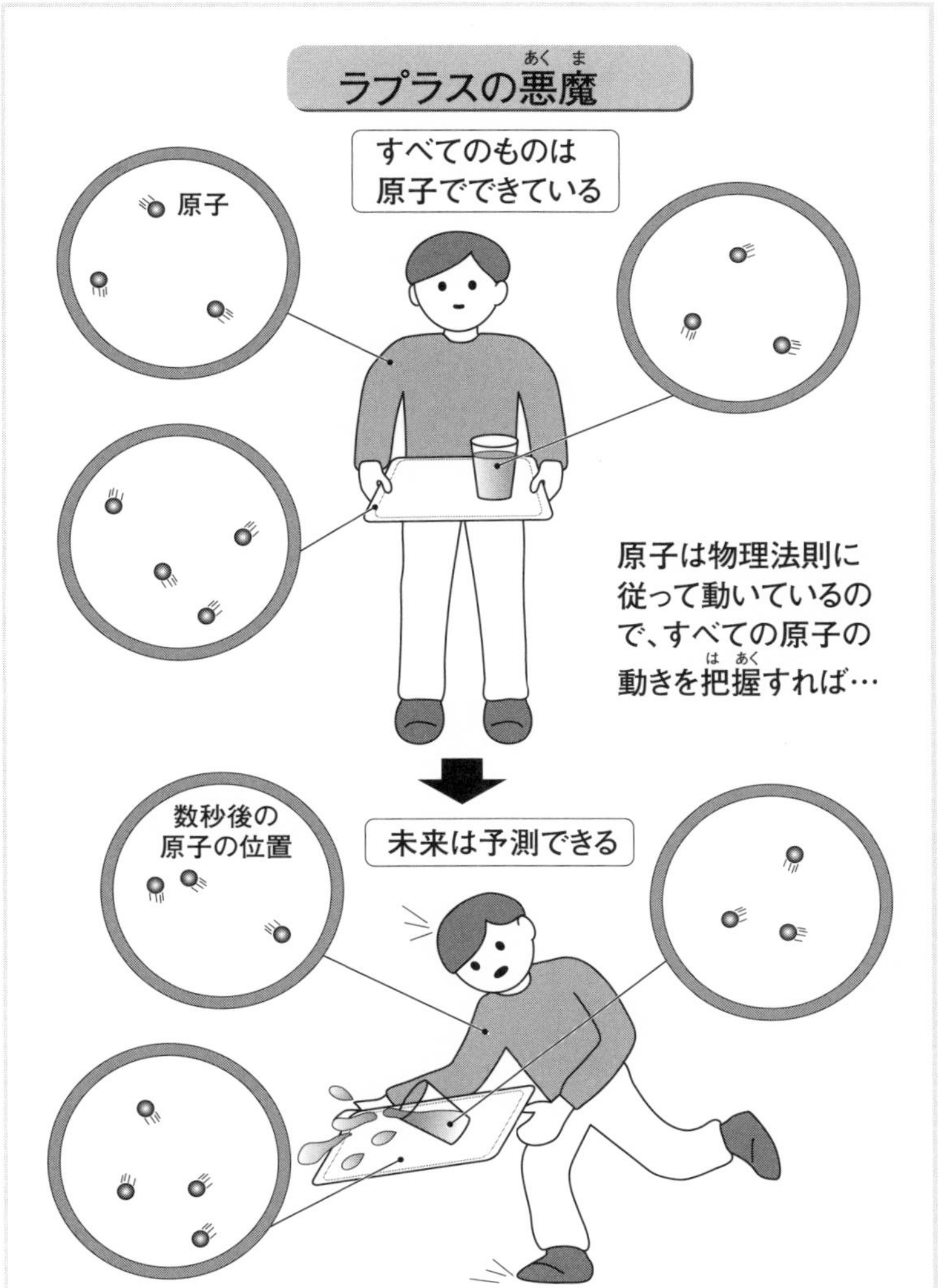
ラプラスの悪魔《あくま》
すべてのものは
原子でできている
原子
原子は物理法則に
従って動いているの
で、すべての原子の
動きを把握《はあく》すれば…
数秒後の
原子の位置
未来は予測できる

「とてつもない性能のコンピューターでなければ、不可能だろうね。この地球上にあるどのコンピューターよりも……いや、地球にあるすべてのコンピューターを足し合わせたよりもずっと高い性能が必要になる。ラプラスの悪魔《あくま》とはつまり、異常な性能を持つコンピューターなんだ。地球上にいるすべての人が、何を考え、次にどうするか、ラプラスの悪魔《あくま》は把握《はあく》している。僕《ぼく》のことも、君のこともね」

背筋がゾワゾワして、私は周囲を見回した。

思問と私以外、この部屋には誰《だれ》もいないけど。

誰《だれ》かに、見られてるような気がした。

(私が次に何をするのか、把握《はあく》されてるなんて……)

とても考えられないことだけど。

思い返せば、アポロンは私がどう行動するのか、把握《はあく》していた。

アポロンがラプラスの悪魔《あくま》と連動してるなら、それは事実なのかもしれない。

(怖《こわ》い……)

室内は適温なのに、なぜか腕《うで》が震《ふる》えている。

ギュッとつかみ、私は震《ふる》えをおさめようとした。

「ねえ……ラプラスの悪魔《あくま》を使ってるのは、誰《だれ》なの？　何が目的で、こんなことをしてるの？」

「アポロンを配信してる会社を調べてみたけど、ペーパーカンパニーだった」

「ペーパーカンパニー？」

「書類上だけに存在する会社——つまり、実際には存在しない会社だ。その裏にいる存在が、ラプラスの悪魔《あくま》の所有者だろうね」

「それって、もしかして……」

「ああ。おそらく、例の老人が所属してる組織だ」


高層ビルの上階にある、厳重に警備された会議室。

多くのシコウジツゲン装置を管理するマクスウェル財団のメンバーが、勢ぞろいしている。

「アポロンのユーザーは急速に増え続けており、まもなく人口の六割に達《たっ》する見込《みこ》みです」

研究者風の男性がそう報告すると、会議室に集ったメンバーは笑《え》みを浮《う》かべた。

「年内には八割を超《こ》え、国民の多くはアポロンに管理された生活を送るようになるでしょう」

「……いよいよ、ラプラス殿《どの》の計画が実現するのですね」

勲章《くんしょう》を身につけた防衛関係者が、ラプラスと呼ばれる老人に笑顔《えがお》で言った。

いかめしい表情を浮《う》かべながら、ラプラスは口を開いた。

「これは、私の計画などではない。すべては、あらかじめ定められたこと。そうあるべき運命に、近づいているだけだ」

ラプラスの発言を受け、参加者たちは押《お》し黙《だま》った。

口元で両手を組み、虚空《こくう》をにらむラプラスの背後には、大型のコンピューターがびっしりと並んでいる。

「すべては、運命によって決定される。個人の意思などには、何の意味もない。そのことを、忘れるな」

ラプラスの言葉に、参加者たちは無言のままうなずいた。

思考実験ノート

未来は予知できる？

「ラプラスの悪魔《あくま》」は、未来を予知できるという話だった。ここでは、未来予知に関する「ニューカムのパラドックス」と呼ばれる思考実験を紹介《しょうかい》しよう。

「あなたの前に予見者が現れて、AB二つの箱を置いた。Aの箱は透明《とうめい》で10万円が入っている。Bの箱は中が見えず、空っぽか100万円が入っているかのどちらかだ。今あなたには、二つの選択肢《せんたくし》がある。

ひとつはAB両方の箱をもらうこと。しかし、あなたが両方もらうと予測される時、予見者はBの箱には何も入れておかない。もうひとつは、Bの箱だけをもらうこと。その場合、あなたがBの箱だけを選ぶと予測した予見者は、Bの箱に100万円を入れておく」

さて、あなたはどちらの選択肢《せんたくし》を選ぶ？

完全に未来が
予測できる
予見者
10万円
A
B
空っぽ
または
100万円
すでに予測は終わっていて、箱の中のものは、もう変わらない。どのみち、両方の箱をもらったほうが得だ。
予見者は、完全に未来を予測できるんだから、Bの箱だけを選んで100万円をもらったほうが得だ。
AB両方
もらう
Bだけ
もらう

考えてみよう！

未来はすでに決まっているのか？
自分の意思で変えられるのか？

二章　シュレディンガーの猫《ねこ》

運命

その日の夜。

思問に送ってもらい自宅にたどりついた私は、夕食後、自室のベッドに横になった。

そわそわして、どうにも落ち着かない。

(私がこれから何をするのか、ぜんぶ把握《はあく》されてるなんて……)

こうして今、ベッドに横になってることも、ラプラスの悪魔《あくま》は把握《はあく》してるんだろう。

それだけじゃない。

私が明日、来月、来年、どこで何をしてるのかも、ラプラスの悪魔《あくま》は予測できる。

ひょっとしたら、どんなふうに死ぬのかさえ、ラプラスの悪魔《あくま》は知ってるのかもしれない。

(気味が悪い……)

私はスマートフォンを取り出し、アポロンのアイコンを眺《なが》めた。

しばらく起動してないけど、このアプリとラプラスの悪魔《あくま》はつながってるという。

スマートフォンを操作し、私はアポロンを削除《さくじょ》した。

そのぐらいのことでは、ラプラスの悪魔《あくま》の支配からは逃《のが》れられないだろうけど。

せめてもの抵抗《ていこう》だ。

気分を切《き》り替《か》えるため、私はリビングに向かった。

温かい牛乳でも飲めば、少しは落ち着くだろう。

階段を下り、廊下《ろうか》を歩いてると――。

「うっ……うっ……」

誰《だれ》かの声が聞こえた。

嗚咽《おえつ》まじりの、苦しそうな声だ。

そっとリビングを覗《のぞ》くと、シオリさんが肩《かた》を震《ふる》わせながら、一人腰《こし》掛《か》けてるのが見えた。

「シオリさん……？」

「ミノリちゃん……」

シオリさんはさっと涙《なみだ》をぬぐうと、取りつくろうような笑顔《えがお》を浮《う》かべた。

「どうしたの？　喉《のど》でも渇《かわ》いた？」

「う、うん……。シオリさんは、どうしたの？」

「なんだか、寝《ね》つけなくてね」

視線をそらしながら、シオリさんは言った。

目のまわりが、明らかに腫《は》れている。

「何か、あったの？」

「あー……ちょっとね」

心配をかけたくないのか、シオリさんは話をそらそうとしてる。

「全然、大丈夫《だいじょうぶ》だから。別に、たいしたことは――」

そう言いかけて、シオリさんは上を向いた。

こぼれそうになった涙《なみだ》を、押《お》しとどめようとしたんだろう。

「……ごめん。嘘《うそ》。大丈夫《だいじょうぶ》じゃないかも」

「どうしたの？　何があったの？」

シオリさんの向かいに腰掛《こしか》け、私は尋《たず》ねた。

「実はね、付き合ってる人と別れちゃったんだ」

「そうなの……!?」

シオリさんが付き合ってる人の話は、何度か聞いたことがある。

大学の同級生で、作曲を学んでいるそうだ。

週末はほとんど一緒《いっしょ》に過ごしており、二人で暮らすための家を探したこともあるという。

二人はいずれ結婚《けっこん》するんだろう、って私も家族も思っていた。

(そんな二人が、別れるなんて……)

「喧嘩《けんか》でもしたの？」

「そういうわけじゃないんだけど……」

シオリさんは手元にあるスマートフォンに視線を落とした。

「このまま一緒《いっしょ》にいても、お互《たが》いのためにならないんだってさ」

「そんなこと、誰《だれ》に言われたの⁉　まさか――」

「私が付き合ってる人は、プロの作曲家を目指してててね。アポロンに相談することもなく、音楽レーベルのオーディションを受けて、合格したの。すごく大事な時期だから、しばらく連絡《れんらく》をひかえてたんだけど……」

数日前。

寂《さび》しさに耐《た》えきれなくなったシオリさんは、恋人《こいびと》に電話したそうだ。

電話越《ご》しに聞いた恋人《こいびと》の声は、ひどく疲《つか》れたものだった。音楽レーベルから初めての仕事を頼《たの》まれ、彼《かれ》はプレッシャーから夜も寝《ね》ずに作曲を続けているという。

本当は、シオリさんは恋人《こいびと》に会いたかったけれど、相手の状況《じょうきょう》を考えると言い出せず、「無理しないでね」と告げ、電話を切った。

通話後、シオリさんはアポロンに尋《たず》ねた。

「私の大切な人は、作曲家になれますか？」と。

アポロンの答えは、次のようなものだった。

「あなたと別々の道を歩めば、なれるでしょう」

話し終えたシオリさんは、こぼれる涙《なみだ》を手の甲《こう》でぬぐった。

「そんな予言に、従う必要なんてないじゃない」

テーブルに身を乗り出しながら、私は言った。

「どうしてそんなことが言えるの？」

「だって、お互《たが》いに好きなんだよね？　別れる必要なんてないじゃない」

シオリさんは濡《ぬ》れた目で「ふふっ」と笑った。

「ミノリちゃんみたいに素直《すなお》に生きられたら、楽だろうね」

シオリさんの発言に、私はハッとした。

いつも明るいシオリさんらしくない、皮肉めいた口調だった。

「泣くほどつらいのに、別れなきゃならないなんておかしいよ」

「それならこのまま、付き合い続ければいいと思う？　私のせいで、あの人が夢をあきらめなければならなくなったら、どうするの？」

「そんなの、わからないじゃない」

「わかるよ」

「え……？」

「わかるんだよ」

しぼり出すように、シオリさんは言った。

「あの人が夢を叶《かな》えようとしてる一方で、私は音楽とは全然関係ない道に進もうとしてるんだよ？　あの人が夢を叶《かな》えたら、きっと私は、うらやましくてたまらなくなる。あの人の足を引っ張るようなことをしてしまうと思う。ねたみから、ひどいことを言ってしまうかもしれない。そんな光景が、はっきりと目に浮《う》かぶの。私のせいで、あの人が夢をあきらめるようなことになったら――」

あふれる涙《なみだ》をもはやぬぐおうともせず、シオリさんはしゃくりあげながら言った。

「そんなことになったら、私は自分を許せない。あの人が今まで、どれだけ音楽を愛してきたか知ってるもの。作曲家になるために、どれだけの努力を重ねてきたか知ってるもの。あの人の夢を壊《こわ》すことだけは、何があってもできないの。今のうちに別れるのがいちばんいいんだよ」

そこまで言うと、シオリさんはテーブルに突《つ》っ伏《ぷ》した。

泣き声を聞きつけたのか、両親がリビングにやってきた。

「シオリちゃん……!? 大丈夫《だいじょうぶ》かい?」

「ねえ、何があったの?」

お母さんの質問に、私は答えられず、じっとうつむくしかなかった。

翌日。

やるせない思いを胸いっぱいに抱《かか》えながら、私は登校した。

気分が上がらない中、なんとか授業を受け、放課後を迎《むか》えた。

女子サッカー部の活動に向かおうとした時、私は担任の先生から呼び出された。

職員室で、先生の隣《となり》に腰掛《こしか》ける。

「何でしょうか?」

「三者面談の前に、ちょっと話しておきたくてね」

提出したばかりの進路希望調査を、先生は私の前に置いた。

「何か、問題でも……?」

「第一志望の旭山《あさひやま》高校だけど、どうしてこの高校にしたの?」

「それは……」

理由を話すべきかどうか少し迷った末、私は打ち明ける事にした。

「体育科に、ダンス専攻《せんこう》があるからです」

「在間さんは、ダンスが好きなのね?」

「将来は、ダンスに関するお仕事をしたいと思ってます」

先生は小さくうなずいた後、私に言った。

「在間さんの考えはわかったけど、この高校はちょっとおすすめできないかな」

「え……?」

予想外の言葉に、私はとまどった。

「誤解しないで。在間さんの希望に反対したいわけじゃないの。ただ——在間さんの家から旭山《あさひやま》高校は、かなり離《はな》れてるでしょう?」

「それは……」

先生の言うとおり、旭山《あさひやま》高校はかなり遠い。電車を乗《の》り継《つ》いで、一時間以上かかる。

「でも、ダンスを学ぶには、ここが一番だと思ったんです」

「気持ちはわかるけど、帰宅時間はかなり遅《おそ》くなるんじゃないの?」

「そうかもしれませんが……」

旭山《あさひやま》高校は、ダンス部の活動も活発だ。

部活動に参加したら、帰宅は九時を過ぎるかもしれない。

「ご両親も、きっと心配すると思うよ」

「そうですね……」

「近くにも、体育科のある高校はあるんだよ。そこに通ったほうが、ご両親も安心なんじゃない?」

先生は、高校の資料をいくつか取り出しデスクに並べた。

近くの高校のことは、私も調べたけど。

ダンス専攻《せんこう》があるのは、旭山《あさひやま》高校だけだった。

だから、第一志望に選んだのに――。

「ねえ、在間さん」

先生は椅子《いす》のキャスターを転がし、ひざ詰《づ》めで私に向き合った。

「夢を持つことは、すばらしいことだと思う。夢を叶《かな》えるために今すぐ動き出したい気持ちは、先生にもわかるよ。だけどね、そんなに焦《あせ》ることはないんじゃないかな。いろんな道をじっくり検討した上で、進むべき道を決めたほうがいいと思うの」

「それって、つまり……」

遠回しな言い方だけど、先生は私に、別の高校に行くようすすめてるみたいだ。

「旭山《あさひやま》高校は、やめたほうがいいってことですか」

「そうは言ってないけど……」

先生は、困ったような表情を浮《う》かべた。

(何か、変だ……)

違和感《いわかん》が、私の心にわきあがった。

先生は、生徒の個性を尊重するタイプだ。

勉強が得意じゃない生徒に、うるさく言わないし、勉強が得意な生徒のことも、特別扱《あつか》いしない。

それぞれの個性に向き合ってくれる先生に、私は好感を抱《いだ》いてた。

（そんな先生が……）

私の進路に、ここまで口出ししてくるなんて。

（そういえば――）

前に、ほかのクラスメイトも話してた。美術系に進むのはたいへんだと、先生から言われたって。

「在間さん。人生は想像以上に長いのよ。将来の夢だって、いずれ変わるかもしれないじゃない？　ダンス以外のことも、学んで損はないと思うの」

先生がそう言った時、スマートフォンがブルルと震《ふる》える音が聞こえた。

「ごめんなさい、メールが届いたみたい」

スマートフォンを手に取り、先生はロックを解除した。

先生のスマートフォンの画面が、目に入った。

画面の片隅《かたすみ》に、見覚えのあるアイコンがあった。

（あれは――！）

間違《まちが》いない。アポロンだ。

(先生も、アポロンを使ってるの……!?)

ざわざわと、嫌《いや》な予感が私の脳内を駆《か》け抜《ぬ》けた。

ラプラスの悪魔《あくま》とつながってるアポロンは、あらゆる人々の将来を予測できる。

生徒思いの先生なら、生徒たちが将来どうなるか、アポロンに質問したかもしれない。

私が振付師《ふりつけし》を目指したところで成功しないと、アポロンに宣告されたら、先生はどうするだろう?

(私のことを心配して、別の道を提案するかもしれない……)

先生に、悪気はないと思う。

私のことを、思うがゆえの行動なんだろう。

(だけど——)

アプリに頼《たよ》る前に、まずは生徒に向き合ってほしかった。

私という人間の思いを、まっすぐ受け止めてほしかった。

椅子《いす》から立ち上がると、私は先生に向かって頭を下げた。

「在間さん……?」

「すみません。用事がありますので、これで失礼します」

沈《しず》みかけた心をなんとか支えながら、私は職員室を後にした。

組織の目的

「最近は、よく来るね」

メロンジュースを差し出しながら、思問は言った。

「ごめん……。ほかに頼《たよ》れる人が思い当たらなくて」

思いつめた私は、またも思問の家に足を運んでしまった。

シオリさんのことや、担任の先生のことを、私は思問に打ち明けた。

「まわりの人が何人も、アポロンの指示に従うようになったわけだね」

「なんだか、怖《こわ》くなっちゃって……」

「君にとっては、意外な出来事だったかもしれないけれど……。君が体験したような出来事は今、いたるところで起こっているよ」

淡々《たんたん》とした口調で、思問が言った。

「そうなの？」

思問はタブレットを取り出し、画面にグラフを表示した。

「このグラフは、アポロンのダウンロード数を示したものだ」

グラフは右肩上《みぎかた》がりに、ぐんぐん伸《の》びている。

「わずか数か月で、アポロンは驚《おどろ》くほどシェアを伸《の》ばした。先生も、医師も、警察官も、たくさんの人がアポロンを使い始めている」

「警察の人まで……!?」

「公式には発表してないけど、個人的に使ってる人はたくさんいるみたいだよ。なにしろアポロンを使えば、容疑者《ようぎしゃ》がこれからどう動くか予測できるんだ。面倒《めんどう》な証拠《しょうこ》集めなんかしなくても、アプリに頼《たよ》ればすぐに逮捕《たいほ》できる。使わない手はないだろう？」

警察が、アプリに頼《たよ》って事件を解決したなんて話を聞いたら、ユキト君はどう思うだろう。

警察に対するあこがれが、スッと消えてしまうかもしれない。

「アポロンを使えば、そういうこともできるだろうけど……証拠《しょうこ》を集めずに逮捕《たいほ》してもいいの？」

誰《だれ》かを逮捕《たいほ》する時は、十分証拠《しょうこ》を集めるのが、警察のあるべき姿じゃなかったっけ？

「おかしいと思う気持ちは、理解できるよ。だけど、これを見ても同じことが言えるかな？」

思問はタブレットを操作し、別のグラフを表示した。

「これは？」

「ここ数か月の、犯罪発生件数だ」

グラフは右に行くほど下がっている。

アポロンのダウンロード数とは、正反対だ。

「まさか……犯罪が減ってるってこと⁉」

思問はうなずいた。

「アポロンが広まるにつれ、犯罪は急速に減りつつあるんだ。悪いことをしてもすぐに捕《つか》まってしまうなら、やるだけ損だろう？　そもそも、悪いことなんかしなくても、アポロンを使えば得をする方法はすぐに見つかる。君にも覚えがあるんじゃないか？」

「それは、まあ……」

アポロンの指示に従った結果、財布《さいふ》を拾った時のことを私は思い出した。

「アポロンを使えば、犯罪が起こる前に防ぐことさえできるんだ。たとえば、誰《だれ》かに待ち伏《まぶ》せされていたとしても、それを事前に知ることができるわけだからね。アポロンがある限り、犯罪を成功させるのは難しいと思うよ」

「そうなんだ……」

バスの事故を予測したように、アポロンが事件さえ予測できるなら。被害者《ひがいしゃ》の数も、犯罪者の数も、減り続けるのかもしれない。

「アポロンがあれば、警察は、いらなくなるのかもしれないね」

どことなくさみしさを感じつつ、私はつぶやいた。

「警察だけじゃないよ。事故が減れば、消防や救急の数も減らせる。税金の支出を、かなり抑《おさ》えられるだろうね」

「それが、組織の目的なの？」

「目的の一つかもしれないけど、それだけじゃないと思うよ。僕《ぼく》の考えによれば、組織の究極の目的は――多くの人がおだやかに暮らせる社会をつくることだ」

「おだやかに……？」

予想もしなかった単語が出て来た。

アニメやゲームの悪役は、人々を支配したり、財産を奪《うば》い取《と》ったりするものだけど。

この組織の目的は、そのようなものではないらしい。

「何のために、そんなことをするの？」

「そこまでは、僕《ぼく》もわからない。だけど、仮説はある」

ぐいと身を乗り出し、私は尋《たず》ねた。

「聞かせて」

「これまでの動きからすると、組織は巨大《きょだい》で、強い力を持っている。おそらくは、社会の上層部に属する人たちだろう」

「社会の上層部？」

「企業《きぎょう》や役所のトップを務める人たちだよ。そういう人たちにとって、最も都合がいいのは、『安定した社会』なんだ」

私が首をかしげていると、思問が言った。

「しっくりこないかい？」

「安定した社会は、誰《だれ》にとっても良いものじゃないの？」

「今の状況《じょうきょう》に不満がない人にとっては、良いものだろうね。だけど不満がある人にとっては、変えたくてたまらないものじゃないか？　たとえば、体育の成績で何もかも決まる社会は、体育が得意な人間にとっては天国だろう。でも、そうでない人間にとっては地獄《じごく》だろうね」

「なるほど……」

　そんな社会になったら、私は楽しいかもしれないけど。

　体育が苦手な人は、変えたくてたまらないだろう。

「多くの人にとって居心地《いごこち》のいい社会をつくれたら、社会に不満を抱《いだ》く人の数は減り、社会が変わる確率は低くなる。社会の上層部に属する人間にとっては、ありがたい状況《じょうきょう》だ。社会が変わらない限り、自分たちの地位もゆるがないんだからね」

「組織は、そのためにアポロンを広めてるの？」

「仮説だけどね。さて——恒例《こうれい》の質問タイムだ」

　微笑《ほほえ》みを浮《う》かべながら、思問が尋《たず》ねた。

「このような社会は、幸せだと思うかい？　それとも、不幸せだと思うかい？」

「はあ……」

　私は大きなため息をついた。

（いつも以上に、答えにくい質問だなあ……）

　私はまず、状況《じょうきょう》を整理することにした。

アポロンが広まったおかげで、人々は事故も事件も予測できるようになった。

突然《とつぜん》、事故や事件に巻《ま》き込《こ》まれて、命を落とすようなことは限りなく少なくなった。

これは、アポロンのメリットと言えるだろう。

（だけど……）

その一方で、人々は自分の将来のことを、簡単に予測できるようになった。

どんな仕事が向いてるのか、どんな人と付き合えば幸せになれるか、そんなことまですぐにわかるようになった。

その結果、成功の見込《みこ》みのない進路はさっさとあきらめ、幸せになれない恋人《こいびと》とは別れる決断をする人も出てきた。

これは、メリットと言えるんだろうか？

「うーん……」

頭を悩《なや》ませる私を、いつものように思問が楽しそうに見つめている。

最初の頃《ころ》は、イラッとしたけれど。

思問は、困ってる人を見るのが好きなわけじゃなくて。

考えてる人を眺《なが》めるのが、心の底から好きなんだ。

そう気づいてからは、不愉快《ふゆかい》に思うこともなくなった。

「どうだい？」

思問が私に尋《たず》ねてきた。

「多くの人にとっては、幸せな社会かもしれないけど……」

一呼吸おいて、私は言った。

「私にとっては、幸せな社会じゃない」

私がそう答えると、思問は何度かうなずき、そして笑った。

「本当に……君はおもしろいね」

「そう？」

「事故や事件のない社会より、アポロンのない社会を望むなんて人は、なかなかいないよ」

「そうかもしれないけど……」

シオリさんの涙《なみだ》と、先生の言葉は、私の心にくっきり焼きついている。

仲の良い恋人《こいびと》が突然《とつぜん》引《ひ》き裂《さ》かれたり、望んでもいない進路をすすめられたりする社会は、私の生きたい社会じゃない。

トラブルに見舞《みま》われたとしても、なんとかしてそれを乗《の》り越《こ》え、自分の夢に一歩ずつ近づける社会に私は生きたい。

（現実を知らない子どもだから、そう思えるのかもしれないけど……）

自分の心に嘘《うそ》をついたら、後悔《こうかい》する気がする。

たとえうまくいかないとしても、私は自分の信じる道を歩んでいきたい。

「どうすればいいかはわからないけど……ラプラスの悪魔《あくま》に何もかも決められる社会なんて嫌《いや》だよ」

「どうすればいいかは、はっきりしている。いつもと同じことをすればいいんだ」

「それって……」

私たちは今まで、シコウジツゲン装置を回収してきた。

つまり――。

「ラプラスの悪魔《あくま》を、奪《うば》うってこと？」

私の質問に、思問はうなずいた。

「だけど組織は、社会の上層部の人たちなんだよね？」

「おそらくはね」

社会の上層部――企業《きぎょう》や役所のトップだと、思問は言った。

「そんな人たちから、装置なんて奪《うば》えるの？」

「誰《だれ》が相手かは問題じゃない。問題は――」

思問の表情が、けわしくなった。

「組織が、ラプラスの悪魔《あくま》を持ってるってことだ」

「どういうこと……？」

「あらゆる人々がどう行動するか予測できる――それが、ラプラスの悪魔《あくま》の機能だ。組織が、その装置を持ってるってことは……」

思問が言い終える前に、ビー、ビーとブザーの音が鳴《な》り響《ひび》いた。

パソコンのモニターに赤いアイコンが表示されてる。

「何、今の……」

「警告《アラート》だ」

思問はキーボードを叩《たた》き、モニターに監視《かんし》カメラの映像を表示させた。

思問の自宅周辺に、黒いスーツを着た人たちが何人も集まってる。

「誰《だれ》、この人たち……!?」

「組織が送《おく》り込《こ》んだエージェントってところかな」

それほど驚《おどろ》いたようすもなく、思問は言った。

「エージェント……？」

スパイ映画でしか聞いたことのない単語だ。

任務を達成《たっせい》するため、必要ならば非道な行為《こうい》にさえ手を染める人たち。

そんなイメージだけど――。

「ラプラスの悪魔《あくま》を奪《うば》おうとする僕《ぼく》たちは、組織にとってやっかいな存在だ。今のうちに始末しようとたくらんでも、おかしくはない」

思問の言葉に、私の心臓がドクンとはねた。

「ちょ、ちょっと待ってよ！　本気で言ってるの？」

「この状況《じょうきょう》で、冗談《じょうだん》は言わないよ」

「じゃ、じゃあ、あの人たちは……」

なんとか気分を落ち着かせようと、深く息を吸ってから、私は言った。

「私たちを、始末しに来たってこと？」

私の言葉に、思問はうなずいた。

悲劇

口の中はカラカラに乾《かわ》いてたけど、ジュースを飲む気にはなれなかった。

(このままじゃ、私たちは――)

動揺《どうよう》のあまり、私は室内をうろうろと歩き回った。

何をどうすれば生き延びられるのか、さっぱりわからない。

こんな状況《じょうきょう》にもかかわらず、思問は平然とジュースを飲んでいる。

「ねえ、さっさと逃《に》げようよ!」

「落ち着いて……と言っても難しいだろうけど、できる限り落ち着いてほしい。パニックを起こしても、勝算が低くなるだけだ」

「勝算……?」

思問には、勝つ見込《みこ》みがあるのだろうか。

「どうすればいいの?」

「ひとまず、僕《ぼく》の話を聞いてくれるかい?」

もどかしい思いにフタをして、私は思問の前に座《すわ》り直した。

「ラプラスの悪魔《あくま》は、この世界に存在するすべての原子の動きを予測できる。数あるシコウジツゲン装置の中でも、最強と呼ぶにふさわしい装置だ」

「それは、わかってるけど……」

「ラプラスの悪魔《あくま》に対抗《たいこう》できるものがあるとすれば、これしかない」

そう言うと、思問は小箱を取り出した。

一辺が10センチぐらいの、とりたてて変わったところのない箱だ。

上のほうに、フタがついている。

「その中に、何が入ってるの?」

「それは――」

スピーカーから足音が聞こえ、思問が顔を向けた。

黒いスーツを着た人たちが、いっせいに思問の自宅に突入《とつにゅう》する場面がモニターに映っている。

「やれやれ……しかたない」

思問は立ち上がると、壁《かべ》にかけられた一枚の絵をずらした。

絵の裏から出現したボタンをいくつか押《お》すと、部屋の片隅《かたすみ》が音を立てて動き、人が一人通《とお》り抜《ぬ》けられそうな抜《ぬ》け穴《あな》が出現した。

（隠《かく》し通路があったなんて……！）

「行こう」

思問に続いて、私も隠《かく》し通路に足を踏《ふ》み入《い》れた。

「こんな通路があるなら、早く使えばよかったのに」

「たいして意味はないよ」

「え？」

「多少、時間を稼《かせ》げるだけだ。組織の追跡《ついせき》から逃《のが》れることは不可能だよ。あっちにはラプラスの悪魔《あくま》があるんだからね」

やや皮肉めいた口調で、思問が言った。

（そうだった……）

隠《かく》し通路の存在さえ、ラプラスの悪魔《あくま》にはお見通しなんだろう。

数十メートルほど進むとはしごがあり、登った先にはマンホールがあった。

マンホールを開け、私たちは裏路地に出た。

「追いつかれる前に、少しでも時間を稼《かせ》ごう」

そう言うと、思問は走りだした。

私も並走する。

「おだやかな社会をつくりたい人たちが、こんなふうに襲《おそ》って来るなんて……」

不満が、思わず口からもれた。

「自分たちの目的を……達成《たっせい》するためなら……手段を選ばない連中なんだろう」

荒《あら》く呼吸しながら、思問が言った。

あまり長い距離《きょり》は、走れないかもしれない。

「ねえ、その箱には何が入ってるの？」

思問が抱《かか》えてる箱を見つめながら、私は尋《たず》ねた。

「猫《ねこ》だ」

「え？　猫《ねこ》？」

猫《ねこ》のサイズを、私は思《おも》い浮《う》かべた。

（どんなにがんばっても、その箱には入らなさそうだけど……）

箱のフタはぴったり閉じており、中がどうなっているのか外からはわからない。

「この箱の中には、猫《ねこ》と、毒ガスが出る仕掛《しか》けが入っている」

思問が続けた。

「毒ガスって……」

どうやって入れたのか知らないけど、箱の中に猫《ねこ》が入ってるとして。

そんな仕掛《しか》けまで、一緒《いっしょ》に入れる必要があるんだろうか？

「どうしてそんな、かわいそうなことをするの？　早く外に出してあげようよ」

私がそう言うと、思問は苦笑《くしょう》した。

「毒ガスが出る確率は50パーセント――2分の1だ。箱の中にいる猫《ねこ》は、死んでいるとは限らない」

「だけど、生きているとも言いきれないでしょ？」

「そのとおり。この箱の中にいる猫《ねこ》は『生きている』状態と『死んでいる』状態が重なり合っている」

「はい……？」

思問が何を言ってるのか、さっぱりわからなかった。

「生きているし、死んでいるってこと？」

そんなこと、ありえるの？

「二つの可能性が、同時に存在してるんだ。箱を開けるまで、猫《ねこ》の生死は確定しない。つまり――」

ふいに、思問の足が止まった。

思問の視線の先には、街頭ビジョンがある。

先ほどまで流れていたニュース映像がぷつりと途切《とぎ》れ、ビジョンに黒い人影《ひとかげ》が映し出された。

逆光で、顔ははっきり見えない。

「思問考に告ぐ。すみやかに投降《とうこう》せよ」

街頭ビジョンのスピーカーから、機械的な音声が響《ひび》いた。

「マクスウェル・マシーンを差し出せば、命を保証する」

（何これ……）

「要求に応じない場合は――」

映像が切り替《きか》わり、ビジョンに二人の人物が映った。

白衣のような服を着た少年と、茶色い帽子《ぼうし》をかぶった少女。

（私たちだ……！）

ビジョンの中の思問は、黒いスーツを着た人たちに向かって歩いていく。

数秒後、パンと発砲音《はっぽうおん》が響《ひび》き渡《わた》り。

ビジョンの中の思問は、地面に崩《くず》れ落《お》ちた。

「ラプラスの悪魔《あくま》が予測した、数十秒後の君たちの姿だ」

（嘘《うそ》でしょ……⁉）

頭が真っ白になり、膝《ひざ》が震《ふる》えて止まらない。

もしも装置を渡《わた》さなかったら、思問は――。

「思問……！」

私は思問に向かって叫《さけ》んだ。

「装置を渡《わた》すことはできない」

きっぱりと、思問は言った。

「どうして……⁉」

「どのような目的があろうと、平気で人を殺すような連中には渡《わた》せない。それに――装置を渡《わた》したら、君のお母さんは生きていけなくなるよ」

「それは……」

私のお母さん――正確には、元のお母さんの部品で構成された古いお母さんは、シコウジツゲン装置の一つであるウラシマ・カプセルの中で眠《ねむ》っている。

カプセルの外に出されたら、お母さんは長くはもたない。

「だけど、このままじゃ――」

気配がして、周囲に目をやると。

黒いスーツを着た人たちが、私たちを取り囲んでいた。

彼《かれ》らは皆《みな》、手に黒い塊《かたまり》を握《にぎ》りしめている。

鈍《にぶ》く光るそれは、モデルガンには見えなかった。

「思問……ダメだよ！」

「大丈夫《だいじょうぶ》だ。まだ、死ぬと決まったわけじゃない」

「だけど……」

先ほど目にした映像は、あまりにもリアルで。

今、私たちが置かれてる状況《じょうきょう》を、正確に再現してるように思えた。

「君に、これを受け取ってほしい」

思問は私に、箱を差し出した。

「この箱は、可能性そのものだ。君ならきっと、望む未来にたどりつけると僕《ぼく》は信じる」

思問は私に箱を渡《わた》すと、黒い服を着た人たちに向かって歩きだした。

「待って……！　思問……！」

去っていく思問の後ろ姿は、映像とまったく同じだった。

次の瞬間《しゅんかん》。

映像と同じように、乾《かわ》いた音が響《ひび》き渡《わた》り。

思問はその場に、ゆっくりと崩《くず》れ落《お》ちた。

「思問……‼」

無我夢中《むがむちゅう》で、私は思問に駆《か》け寄《よ》った。

思問を抱き起《だ》《お》こそうとすると、ぬるりとした液体が私の手を濡《ぬ》らした。

思問の体が、ゆっくりと冷たくなっていく。

「思問……思問……‼」

私が思問にしがみついていると。

カチャリ、と周囲から音がした。

黒いスーツを着た人たちが、今度は私に狙《ねら》いを定めたのだろう。
それでも、私はこの場を離《はな》れたくなかった。
再び、乾《かわ》いた音が響《ひび》き渡《わた》り――。

可能性の箱

「思問……！」
叫《さけ》びながら、私は体を起こした。
カーテンの隙間《すきま》から、朝日が差《さ》し込《こ》んでいる。
私は周囲を見回した。
小さい頃《ころ》に買ってもらったぬいぐるみ、運動用のジャージ、お気に入りのポスター。
そこはまぎれもなく、私の部屋だった。
（どういうこと……？）
気絶してる最中に、部屋に運《はこ》び込《こ》まれたんだろうか？
私は自分の体をさわってみた。
けれども、どこにも撃《う》たれたような痕《あと》はない。
手がかりが残ってないかと、私はかたわらのスマートフォンを手に取った。
ホーム画面を見た瞬間《しゅんかん》、私は首をかしげた。

（日付がおかしい……？）

思問が撃《う》たれた日より、三日も前の日付が画面に表示されている。

（誤作動かな……）

私は急いで着替《きが》え、階段を下りた。

リビングでは、お母さんが朝食の支度《したく》をしている。

「ねえ、お母さん」

「あら、今日は早いのね。どうしたの？」

「その……今日って、何日？」

「何日って……」

お母さんは戸惑《とまど》いながらも、今日の日付を私に教えてくれた。

その日付は、スマートフォンの画面に表示されている日付と同じだった。

お母さんの情報が正しいなら、私はあの日から、三日前に戻《もど》ったことになる。

（そんな、まさか……）

私は自分の部屋に戻《もど》り、カバンの中を覗《のぞ》いた。

その中には、自分の名前以外何も書かれていない進路希望調査が入っていた。

自宅を出た私は学校に連絡《れんらく》し、今日は休むと告げた。

その足で私は、思問の自宅に向かった。

意を決し、インターフォンを押《お》す。

しばらく待つと、ガチャリと音がして扉《とびら》が開いた。

そこには、思問が立っていた。

「思問……！」

目の前に、思問がいる。

撃《う》たれたはずの思問が、生きている。

「どうしたんだい？　今は、学校に行ってる時間じゃ――」

思問が言い終える前に、私は思問に飛びついた。

「よかった……よかった……！」

「ま、待ってくれ……。いったい、どういうことなんだ……？」

いつも冷静な思問も、さすがに動揺《どうよう》してるようすだった。

ソファに腰掛《こしか》け、思問が出してくれたパイナップルジュースを飲みながら、私は一連の出来事を話した。

私の話を聞くうちに、思問の表情はけわしさを増していった。

「つまり君は――『シュレディンガーの猫《ねこ》』を使ったんだね」

「シュレディンガー……？」

思問は棚《たな》から、小さな箱を取り出した。

「三日後の僕《ぼく》が君に渡《わた》したのは、これと同じものだろう？」

「そう！　その箱」

「この箱について、説明は受けたかい？」

「確か……」

私は思問の説明を思い返した。

「猫《ねこ》と、毒ガスが出る仕《し》掛《か》けが入ってるとか」

「そのとおり。この箱の中の猫《ねこ》は、『生きている』状態と『死んでいる』状態が重なり合っている」

三日後の思問と同じことを、目の前にいる思問も言った。

「ねえ……前も同じ説明を受けたけど、さっぱりわからないよ」

「正確に理解するためには、『量子力学』（＊3）を学ぶ必要がある」

「リョウシリキガク……？」

「相対性理論と並ぶ、人類史に残る理論だよ。さて、どう説明したものかな」

思問は引き出しの中からサイコロを取り出した。

「今からこのサイコロを振《ふ》る。どの目が出ると思う？」

＊3「量子力学」…「量子」とは、原子などの、きわめて小さい物質やエネルギーの単位のこと。「量子力学」は、量子の動きを説明する理論で、1925年頃《ごろ》に確立した。量子力学では、量子は、粒子《りゅうし》と波の両方の性質を併《あわ》せ持《も》つとされている。

「そんなのわからないけど……」

「予測する方法があると思うかい？」

しばらく考えて、私は気づいた。

「ラプラスの悪魔《あくま》なら、わかるかも——」

「そうだね。あの装置は、世界に存在するすべての原子の動きを予測できる。サイコロの目がどうなるかぐらい、簡単に予測するだろう」

思問はサイコロをテーブルの上に放《ほう》り投《な》げた。

サイコロはくるくると回転し、赤丸を上に向けて止まった。

一の目だ。

「結果は一だった。ラプラスの悪魔《あくま》も、そう予測しただろうね。——でも、これ以外に可能性はまったくなかったのかな？」

「え……？」

「二の目や三の目が出る確率は、まったくなかったと思うかい？」

「それは、あったかもしれないけど……。でも、結果は一だったんだし」

「一の目が出たのは、一の目が出る世界に僕《ぼく》たちが進んだからだよ」

「え……？」

「二の目が出る世界や、三の目が出る世界も、ひょっとしたらあったかもしれない。でも僕《ぼく》たちが進んだのは、一の目が出る世界だったんだ」

（一の目が出る世界って、どういうこと……？）

戸惑《とまど》う私をよそに、思問は説明を続けた。

「量子力学の多世界解釈《かいしゃく》によれば、世界は無数にあるそうだよ」

「世界は、一つしかないものじゃないの？」

「量子力学によれば、そうとは限らない。僕《ぼく》たちが何かを選び取るたび、世界は枝分かれする。朝食にパンを食べる世界、ご飯を食べる世界、授業で居眠《いねむ》りする世界、まじめに授業を受ける世界……僕《ぼく》たちの選択《せんたく》によって、世界は無数に増えるんだ。あみだくじみたいにね」

「そんなことがありえるの……？」

朝食に何を食べるかとか、授業中に居眠《いねむ》りをするかとか、そんなささいことで世界が増えてしまうなんて。

（とても信じられないけど……）

これは、実際に研究されている理論らしい。

「この箱は、枝分かれする世界の象徴《しょうちょう》だ」

思問は「シュレディンガーの猫《ねこ》」を見つめた。

「ラプラスの悪魔《あくま》によれば、あらゆる出来事はすでに決定している。けれども量子力学では、いくつもの可能性が『重なり合っている』と考える。箱の中の猫《ねこ》が『生きている』し『死んでいる』ようにね。この箱の中にあるのは、可能性そのものなんだ」

（可能性そのもの……）

三日後の思問も撃《う》たれる直前、同じことを言っていた。

「この装置は、重なり合った可能性が確定する直前まで、時間を戻《もど》すことができる」

「重なり合った可能性って？」

「状況《じょうきょう》から考えて、僕《ぼく》の『生』と『死』だろうね」

他人事《ひとごと》のように、思問は言った。

「僕《ぼく》は今、箱の中の猫《ねこ》と同じく、『生』と『死』が重なり合った状態にある。観測者――シュレディンガーの猫の使用者が、結果を観測するまでに、『僕《ぼく》が生きている』世界に進むことができれば――」

私はハッと息をのんだ。

「思問は、生きのびられるってこと？」

私の言葉に、思問はうなずいた。

「ラプラスの悪魔《あくま》は、この世界にある原子の動きを予測できる。でも、無数にある世界のすべてを計算することまではできない。僕《ぼく》が生きている世界にたどりつければ、僕《ぼく》は助かる」

逃避行《とうひこう》

（思問が、助かるかもしれない……！）

方法は、さっぱりわからないけど。

私の心臓は、ドクンドクンと高鳴っていた。

（あの時は、もうダメだと思ったのに――）

絶望するのは、早かったみたいだ。

「それで、どうすればいいの？　どうすれば、思問が生きてる世界に行けるの？」

勢いよく私が尋《たず》ねると、思問が目を伏《ふ》せた。

「……わからない」

「え？」

「どうすればいいのかは、僕《ぼく》もわからないんだ」

思問の答えに、私はあぜんとした。

「そうなの……？」

「シュレディンガーの猫《ねこ》を使えば、可能性が重なり合った状態に戻《もど》すことはできる。だけど、どうすれば僕《ぼく》が生きている世界に行けるのかまではわからない」

ため息をつく思問を見て、私も頭を抱《かか》えた。

(どうすればいいんだろう……)

何をすればいいのか、まったくわからないけど。

何もしなければ、前回と同じように思問は撃《う》たれてしまうだろう。

あんな光景はもう、二度と見たくない。

「よーし……」

私はすっくと立ち上がった。

「何か思いついたのかい?」

私は首を横に振《ふ》った。

「何も」

「え?」

「アイデアはないけど、できることをやってみよう!」

そう言うと、私は思問に手を伸《の》ばした。

思問は困惑《こんわく》した表情で、私の手を握《にぎ》った。


数時間後。

私と思問は電車を乗《の》り継《つ》ぎ、空港に到着《とうちゃく》した。

観光客でごった返すロビーを見つめながら、思問が尋《たず》ねた。

「こんな所まで来て、どうするつもりだ?」

「いいアイデアを思いつくまで、ひとまず遠くに逃《に》げるんだよ!」

私はお年玉貯金を全額引き出し、北海道行きのチケットを購入《こうにゅう》した。

北海道には、人の手の入ってない森がたくさんある。隠《かく》れる場所はいくらでもあるだろう。

逃《に》げ回《まわ》るうちに、思問ならきっといいアイデアを思いついてくれるはず。

「出たとこ勝負にもほどがあるだろ……」

私のプランを聞いた思問は、あきれたような表情で言った。

「ほかに思いつかなかったんだから、しかたないじゃない」

私と思問は飛行機に乗《の》り込《こ》み、離陸《りりく》の時刻を待った。

北海道に行くことは、両親には伝えていない。

突然《とつぜん》私がいなくなったら、両親はとても心配するだろう。

そのことを思うと、胸が痛んだ。

(今は、ほかに手がないの……)

思問が撃《う》たれた光景は、まぶたの裏に焼きついてる。

(あんな未来、受け入れてたまるもんか……!)

無事、生きのびた時に、両親には説明すればいい。

とにかく今は、できることをやるしかない。


新千歳《ちとせ》空港に到着《とうちゃく》した私たちは、電車に乗って札幌《さっぽろ》に向かった。

時刻はもう、午後四時を回っている。

私たちはキャンプ用品店に駆《か》け込《こ》み、テントや寝袋《ねぶくろ》など、夜を明かすのに必要な品物を買い集めた。

ホテルに泊《と》まったら、警察に通報され、両親が駆《か》けつけてくるだろう。

人目につく場所は、できる限り避《さ》けたほうがいい。

念のため、私はスマートフォンの電源をオフにした。

詳《くわ》しくは知らないけど、電波から位置を調べることもできるみたいだし。

キャンプ用品を背負い、私たちは再び電車に乗った。

三時間ほど電車に揺《ゆ》られ、北を目指す。

山間《やまあい》にある小さな駅で、私たちは下車した。

駅前には街灯がわずかにあるばかりで、夜空には一面の星空が広がっている。

山に向かって、私たちは歩いた。

少し歩くと道は砂利道《じゃりみち》になり、木々が視界を覆《おお》いつくした。

ゼイゼイと呼吸音が聞こえ、隣《となり》を見ると、思問がげっそりとした表情を浮《う》かべてる。

重い荷物を背負いながら長い距離《きょり》を移動するのは、思問には厳しかったみたいだ。

思問が休んでる間に、私はテントを張った。

ガスコンロでお湯を沸《わ》かし、キャンプ用品店で買ったレトルト食品を温める。

真っ暗な森の中で、私たちは夕食をとった。

片づけた後、私たちはテントの中で寝袋《ねぶくろ》にくるまった。私も疲《つか》れていたみたいで、すぐに眠《ねむ》ってしまった。

翌朝。
チチチ、という鳥の鳴き声で、私は目を覚ました。
隣《となり》では、思問が寝息《ねいき》を立てている。
テントから顔を出すと、草の香《かお》りがした。
胸いっぱい吸《す》い込《こ》んでみる。
都会では味わえない、みずみずしくてさわやかな空気だ。
（こんな所まで来ちゃったんだなあ……）
何とも言えない気持ちが、胸の中にわきあがった。
思いもしなかったことをした解放感と。
取り返しのつかないことをした罪悪感が。
同時に、私を襲《おそ》った。
深呼吸し、気持ちを落ち着ける。
（今は、逃《に》げることだけを考えないと……）
ひと気のない山まで来たとはいえ、組織は巨大《きょだい》で、どこまで手が及《およ》ぶかわからない。
少しでも遠くまで、移動したほうがいい。

まだ眠《ねむ》そうな思問を起こすと、朝食がわりの栄養バーをかじり、私たちは山道を進んだ。

歩くたび、リュックにつけた鈴《すず》がリンリンと鳴る。

思問によると、熊《くま》のいる場所を歩く時は、これが欠かせないそうだ。

一応、熊《くま》よけのスプレーも買ったけど、うまく吹《ふ》き付《つ》けられるかどうか、ちょっと自信がない。

(熊《くま》なんか、怖《こわ》いもんか!)

心の中でつぶやき、私は自身をふるい立たせた。

正直に言えば、熊《くま》は怖《こわ》いけど。

熊《くま》よりずっと、あの人たちのほうが怖《こわ》い。

私の目の前で、容赦《ようしゃ》なく思問を撃《う》った、あの人たちより怖《こわ》いものなんてない。

「ねえ、思問」

「何だい?」

昨日の疲《つか》れが残ってるのか、青ざめた顔で思問は答えた。

「何か、いいアイデア思いついた?」

「残念ながら、何も」

「それなら、何か思いつくまで逃《に》げ続《つづ》けよう」

進路をふさぐつるをナイフで切り、渓流《けいりゅう》を越《こ》えて、私たちはひたすら進んだ。

がけをロープで下り、木の枝に足をとられながら、山の奥《おく》を目指す。

一日中歩き続け、あたりが暗くなった頃《ころ》、私たちはテントを張った。

レトルトの食品で栄養を補給し、寝袋《ねぶくろ》にもぐりこむ。本当は着替《きが》えたかったけど、ぜいたくは言ってられない。


翌朝。

あたりには真っ白い霧《きり》がたちこめていた。

ただでさえ視界が悪いのに、この霧《きり》では数メートル先さえ見えない。

「へたに歩くと、がけから落ちてしまうかもしれないね」

思問の言葉に私はうなずき、霧《きり》が晴れるまでとどまることにした。

移動できないのは、少し不安だけど。

この霧《きり》は、私たちを見つけにくくしてくれるはずだ。

浄水器《じょうすいき》を通したお水をコンロで沸《わ》かし、私はティーバッグをひたした。

栄養バーをかじりつつ、私たちは紅茶をゆっくりと飲む。

（逃亡《とうぼう》生活も、三日目か……）
今日は、思問が撃《う》たれた日だ。
あの日、組織はいきなり思問の自宅にエージェントを送《おく》り込《こ》んできた。
前回と同じく、組織は私たちを追ってるんだろうか。
（そうだとしても……）
こんな山奥《やまおく》で私たちを見つけ出すのは、きっと簡単じゃないだろう。
（時間を稼《かせ》げば、いつものように思問が突破口《とっぱこう》を見つけ出してくれるはず――）
霧《きり》が晴れるのを待って、私たちは移動を始めた。
森の中は昼でも薄暗《うすぐら》い。
聞こえるのは、鳥の鳴き声と、木の枝が風に揺《ゆ》れる音だけだ。
（ん……？）
ふいに違和感《いわかん》をおぼえ、私は足を止めた。
「どうした？」
「あの木、動かなかった？」
私は十数メートル先にある木を指さした。

「木は普通《ふつう》、動かないものだろう？」
「そうだけど……」
一瞬《いっしゅん》だけ、ゆらりと動いたような気がしたのだ。
（木が動くはずなんてないのに……）
どうしてそう思ったんだろう。
なんとなくその場から動く気になれず、私は周囲に目をこらした。
すると――。
別の木がまた、ゆらりと動いた。
（何……何なの……⁉）
私はぐるりとまわりを見渡《みわた》した。
ゆらり、ゆらり。
近くにある木々がいくつも、同時に動いた。
（違《ちが》う、木じゃない……！）
ぼんやり眺《なが》めてるだけじゃ、木にしか見えないけど。
それは、茶色と緑色のまざった迷彩服《めいさいふく》（＊4）を着た人たちだった。

迷彩服《めいさいふく》を着た人たちは私たちを取り囲み、いっせいに銃《じゅう》を構えた。

「思問考だな」

リーダーらしき人物が、思問に尋《たず》ねた。

（こんな所まで、追ってくるなんて……！）

居場所を突《つ》き止《と》められないよう、山の中を何日も歩き続けたのに──。

「逃《に》げようとしたところで無駄《むだ》だ。私たちはずっとここで、君たちが来るのを待ち続けていた」

「え……？」

ドキン、と心臓がはねた。

（嘘《うそ》でしょ……？）

私たちがどこに向かうか、この人たちは最初から知ってたってこと？

「マクスウェル・マシーンを渡《わた》すなら、命は保証する」

＊4「迷彩服《めいさいふく》」…自然の中に溶《と》け込《こ》むような柄《がら》や色合いの服。敵の目をあざむき、隠《かく》れて行動するために着用する。

リーダーらしき人物の質問には答えず、思問は私に箱を差し出した。

シュレディンガーの猫《ねこ》だ。

「受け取ってくれ」

微笑《ほほえ》みを浮《う》かべながら、思問が言った。

「思問……」

「前回の僕《ぼく》も、同じことを言ったかもしれないけど……。君ならきっと、望む未来にたどりつけるよ」

シュレディンガーの猫《ねこ》を渡《わた》すと、思問はリーダーらしき人物に近づいていった。

迷彩服《めいさいふく》を着た人たちの注意を、引きつけるためだろう。

「思問……待って……!」

少し前に耳にしたばかりの、乾《かわ》いた音が響《ひび》き渡《わた》り。

鳥がいっせいに飛び立った。

山奥《やまおく》の湿《しめ》った地面に、思問はゆっくりと崩《くず》れ落《お》ちた。

時間の牢獄《ろうごく》

「いやぁあああ……！」
叫《さけ》び声《ごえ》をあげながら、私は目を覚ました。
ひたいには脂汗《あぶらあせ》が浮《う》かび、目尻《めじり》からは涙《なみだ》がこぼれてる。
涙《なみだ》をぬぐうと、私は周囲を見回した。
小さい頃《ころ》に買ってもらったぬいぐるみ、運動用のジャージ、お気に入りのポスター。
（また、戻《もど》ってきちゃった……）
記憶《きおく》だけは、はっきり残ってる。
空気の味、寝袋《ねぶくろ》の感触《かんしょく》、歩《ある》き疲《つか》れた思問の顔。
遠くに逃《に》げて時間を稼《かせ》ごうとしたのに、私たちは先回りされた。
まるで、お釈迦様《しゃかさま》の手のひらから逃《に》げ出《だ》せなかった孫悟空《そんごくう》のように。
私は、思問が生きてる世界にたどりつけなかった。
（一度の失敗ぐらいで、あきらめるもんか……！）

ベッドからはね起きると私は急いで着替《きが》え、カバンをつかみ階段を下りた。

リビングを素通《すどお》りし、玄関《げんかん》から飛び出す。

最速で思問の自宅に向かい、チャイムを何度も鳴らした。

「どうしたんだい、こんな時間に……」

眠《ねむ》そうな顔で、思問が私を出迎《でむか》えた。

「大至急、話したいことがあるの」

思問が差し出したジュースに口もつけず、私はこれまでの出来事を話した。

私の話を聞くうちに、思問の眠気《ねむけ》も吹《ふ》き飛《と》んだようだ。

「なるほどね……」

口元に手を当て、思問は考《かんが》え込《こ》んだ。

「次は、どうすればいいと思う?」

「……わからない」

「え?」

「ラプラスの悪魔《あくま》から逃《のが》れる方法は、思いつかない」

思問らしくない、弱腰《よわごし》な答えだった。

「あきらめないでよ！　いつもみたいに一所懸命《いっしょけんめい》考えれば、何か思いつくよ！」

「前回、僕《ぼく》たちは三日間逃《に》げ続《つづ》けたんだろう？　その間、僕《ぼく》は何かアイデアを思いついたかい？」

「それは……」

私はうつむいた。

三日間ずっと一緒《いっしょ》にいたけど、思問はアイデアを口に出すことはなかった。

「三日間考え続けて、何も思いつかなかったなら……。僕《ぼく》がいいアイデアを思いつく可能性は、低いと思う」

「そんな……」

私は肩《かた》を落とした。

賢《かしこ》い思問が三日間考え続けても、何も思いつかないなら。

(突破口《とっぱこう》なんて、見つからないんじゃ……)

「そう落《お》ち込《こ》むことはないよ。まだ希望はある」

「そうなの……？」

「君だ」

私を真正面から見すえながら、思問が言った。

「へ？」

「シュレディンガーの猫《ねこ》の使用者である君は、世界の観測者だ。時間のループを繰《く》り返《かえ》すたび、君は経験を重ねていく。その経験こそが、僕《ぼく》が生きている世界に進む鍵《かぎ》になるかもしれない」

「経験……」

前回、私は失敗した。

その失敗を経験と呼ぶなら、確かに私は経験を重ねたことになる。

「何度も挑戦《ちょうせん》して、経験を積み重ねればいいってことだね！」

「……口で言うほど、簡単じゃない。おそらく君は、地獄《じごく》を見ることになると思うよ」

やけに重々しい声で、思問が言った。

「大丈夫《だいじょうぶ》、大丈夫《だいじょうぶ》！　スポーツでも何でも、トライ・アンド・エラーが大切なんだし！何度でも挑戦《ちょうせん》して、突破口《とっぱこう》を見つけてみせるから！」

それから私は、何度も三日間を繰《く》り返《かえ》した。

ある時は、思問と一緒《いっしょ》に分厚い壁《かべ》に囲まれた地下室に閉じこもった。

けれども、通気口をふさがれて酸素が届かなくなり、私たちは窒息《ちっそく》しかけた。
ある時は、船を借りて海の向こうまで行こうとした。
組織はヘリコプターで追ってきて、逃《に》げきることはできなかった。
マサトさんに相談し、警察に保護してもらおうとしたこともある。
けれども警察の監視《かんし》の中、思問は撃《う》たれた。
やはり、警察にも組織の人間は入《はい》り込《こ》んでいるらしかった。
新聞や雑誌など、マスコミに情報を流したこともある。
世間の注目が集まれば、組織も動きにくくなるだろうと考えたのだ。
けれどもその作戦も、うまくいかなかった。
たくさんの人から取材を受けたけど、一度として記事になることはなかった。
マスコミにも、組織の人間は入《はい》り込《こ》んでいるのかもしれない。
十回、二十回、三十回……。
三日前に戻《もど》るたび、私は新しい計画を実行した。
そのたびに、思問は私の目の前で倒《たお》れた。
(あきらめてたまるもんか……!)

ループを重ねるたび、私は大胆《だいたん》になっていった。

ニセモノのパスポートを手に入れて、海外に逃《に》げようとしたこともある。

警備員に捕《つか》まり、計画は失敗した。

動画サイトで炎上騒《えんじょうさわ》ぎを起こし、世間の注目を集めようとしたこともある。

驚《おどろ》くべき速さで、チャンネルは閉鎖《へいさ》された。

テレビの生中継《なまちゅうけい》に割《わ》り込《こ》む計画も、告発ＣＭを流す計画も、うまくいかなかった。

どこに逃《に》げても、何をしようとも、組織は必ず先回りし、対処してくる。

（これが……ラプラスの悪魔《あくま》の力なの？）

思問の言ったとおり、私が何を考え、どう行動するのか、ラプラスの悪魔《あくま》は完璧《かんぺき》に把握《はあく》してるみたいだった。

（それなら……私らしくない行動を取ってみたら？）

私は二十四時間眠《ねむ》ることなく起き続け、ふらふらの頭でめちゃくちゃな行動を取ってみた。

その作戦もうまくはいかず、結末はいつもと同じだった。

カラオケで大騒《おおさわ》ぎした後のハイになった頭で、計画を立てたこともある。

やはり、結果は変わらなかった。

私の頭で考え、動いてる以上、「私らしさ」から抜《ぬ》け出《だ》すことはできないみたいだった。

(まだまだ、できることはあるはず……)

百回、二百回、三百回……。

体感時間で三年が経《た》とうとする頃《ころ》になっても、思問が生きてる世界にたどりつくことはできなかった。

私がループを繰《く》り返《かえ》すたび、思問は撃《う》たれ、刺《さ》され、殴《なぐ》られ、海に沈《しず》められた。

自分の部屋で目を覚ますたび、私は胸の痛みを振《ふ》り払《はら》い、次こそ成功してやる、と決意をふるい立たせた。

前回より慎重《しんちょう》かつ巧妙《こうみょう》な計画を練り上げるため、私はたよりない頭脳を死《し》に物狂《ものぐる》いで回転させた。

そうして練り上げた計画は、毎回、粉々に打《う》ち砕《くだ》かれた。

どんな方法だろうと、組織は見抜《みぬ》き、思問を決して見逃《みのが》さなかった。

三百十五回目。

いつものように自分の部屋で目覚めた私は、次の計画を実行に移すため起き上がろうとした。

けれども、体が言うことをきかない。

ベッドの上でかたまったまま、しばらく時間が過ぎた。

「う……」

小さなうめき声が、私の口からもれた。

次の瞬間《しゅんかん》、両目から滝《たき》のような涙《なみだ》がこぼれだした。

「う……うあああああ……！」

後から後から涙《なみだ》があふれ、止まらない。

「何で……どうして……‼」

何百回も繰《く》り返《かえ》したのに。

思いつく方法は全部試《ため》したのに。

どうしても、思問を救うことができない。

私がループを繰《く》り返《かえ》すたび、思問はひどい目にあう。

血を流し、倒《たお》れる思問。毒薬を打たれ、血の気が引く思問。

思い出したくもない光景ばかりが、私の記憶《きおく》を埋《う》めつくしてる。

フラフラとした足取りで、私はいつものように思問の自宅を訪《おとず》れた。

ソファに腰掛《こしか》け、あふれる涙《なみだ》をぬぐいながら、私は思問に謝《あやま》った。

「ごめんなさい……」

思問はぽかんとしてる。

「君に謝《あやま》られる理由はないはずだけど？」

「違《ちが》うの……私の力が足りないせいで……」

しゃくりあげながら、私はこれまでの出来事を思問に語った。

神妙《しんみょう》な顔つきで、思問は私の話に耳を傾《かたむ》けた。

語り終えた私に、思問は温かい紅茶を差し出した。

紅茶をひと口飲むと、ささくれた心が少しだけ癒《い》やされた。

「疲《つか》れたかい？」

思問が私に尋《たず》ねた。

「……ちょっとだけ」

「地獄《じごく》から解放されたいなら、方法はあるよ」

「え？」

思問は棚《たな》から、シュレディンガーの猫《ねこ》を取り出した。

「この箱を開ければいい」

「開けたら、どうなるの？」

「重なり合った結果が確定する。『生』か『死』のどちらかが結果として確定し、時間は前に進みだすだろう」

思問は私に向かって、シュレディンガーの猫《ねこ》を差し出した。

「待って……。結果が確定するってことは、つまり――」

思問が生きてる世界に、私はまだたどりつけていない。

「僕《ぼく》は、死ぬことになるだろうね」

ぽつりと、思問はつぶやいた。

「ダメだよ！　そんなの――」

「これから君は永遠に、三日間を繰《く》り返《かえ》すかもしれないよ？　いつまでも続く繰《く》り返《かえ》しに、君の心は耐《た》えられるかい？」

「それは……」

正直に言って、自信はなかった。

三年たらずで、私の心はひび割れそうになってるのに。

今後何十年、何百年も同じ時間を繰《く》り返《かえ》すことになったら、私は正気でいられるだろうか。

「これ以上、君を苦しませたくはない。箱を開けて、自由になるといい」

思問はシュレディンガーの猫《ねこ》を、私の目の前に置いた。

「何か方法はないの？　たとえば——私じゃなくて、思問が時間を繰《く》り返《かえ》すとか」

私の頭では何年かかっても思いつかないことを、思問なら思いつくかもしれない。

思問は首を横に振《ふ》った。

「それはできない。時間を繰《く》り返《かえ》せるのは、シュレディンガーの猫《ねこ》の使用者である君だけだ」

「そんな……」

「僕《ぼく》のために、君が無理する必要はないんだ。心がおかしくなる前に、終わらせるといい」

「思問は、それでいいの？　死んじゃうんだよ？」

「僕《ぼく》がいなくなっても、悲しむ家族はいない。君と違《ちが》ってね」

「え……？」

これまで、思問の家族に会ったことはない。

その理由を尋《たず》ねる気にもなれなかったけど。

(思問が、そんな状況《じょうきょう》に置かれてるなんて……)

「近しい人は、誰《だれ》もいないの？　お父さんとか――」

「父さんか……」

思問は目を伏《ふ》せた。

「遠い記憶《きおく》の存在だよ。顔もはっきり思い出せないくらいだ」

「そうなんだ……」

「僕《ぼく》がいなくなっても、困る人はいないんだ。シコウジツゲン装置は、ウラシマ・カプセル以外処分することになるだろうけど、悪用されるよりはマシだろう。いつかこんな日が来るとは思っていたから、覚悟《かくご》はできてるよ」

そう言うと、思問は微笑《ほほえ》んだ。

(どうしてこんな時に笑えるの……？)

まもなく、死んでしまうかもしれないのに。

私が同じ立場だったら、きっと落ち着いてはいられないだろう。

「さあ——開けるんだ」

目の前の箱を開ければ、私は解放される。

これ以上、悪夢のような光景を目にすることはなくなるだろう。

（だけど——）

「……？　何してるんだ？」

私は立ち上がり、思問の棚《たな》を勝手にあさった。

ガムテープを見つけた私は、シュレディンガーの猫《ねこ》をぐるぐる巻きにした。

「そんなことしたら、開けられなくなるだろ」

「私は、開けない」

「何だって……!?」

「思問が死んじゃう世界になんて、行かない。思問のことは、必ず助け出す」

「だけど、君の心は——」

「思問がいなくなって、困る人はいる。私が困る！」

「ミノリ……」

驚《おどろ》いた表情で、思問は私の名前を呼んだ。

思問と出会ってからの日々は、驚《おどろ》きと発見に満ちたものだった。
時には危ない目にあったりもしたけど、いつも思問は助けてくれた。
突然《とつぜん》私が押《お》しかけても、思問は私の話に耳を傾《かたむ》けてくれた。
そんな思問に、二度と会えなくなるなんて。
世界から、いなくなってしまうなんて。
(絶対に、嫌《いや》だ……！)
思問は戸惑《とまど》ったような表情で、私を見つめた。
「君がそう言ってくれるのはうれしいけど……。何か、打つ手はあるのかい？」
「――一つだけ、ある」
何度か思いつきはしたけど。とても無理だと、そのたびに却下《きゃっか》したアイデアがある。
実現するのは、限りなく不可能に近いだろう。
でも、ほかに手はない。
(すべてを費やしてでも――必ず成功させてみせる！)
私はじっと中空をにらみつけた。
どこかで私のことを見ているだろうラプラスの悪魔《あくま》に対する、宣戦布告だった。

思考実験ノート

神はサイコロを振《ふ》るか？

「シュレディンガーの猫《ねこ》」は、オーストリアの物理学者・シュレディンガーが提示した思考実験だ。

20世紀に完成した「量子力学」では、量子（原子や、原子より小さな電子など）は、粒子《りゅうし》と波の両方の性質を併《あわ》せ持《も》ち、観測した瞬間《しゅんかん》に、その状態が決まるとされている。

当初、この考え方には反対意見が多く、「シュレディンガーの猫《ねこ》」も、それに対する皮肉のひとつだった。

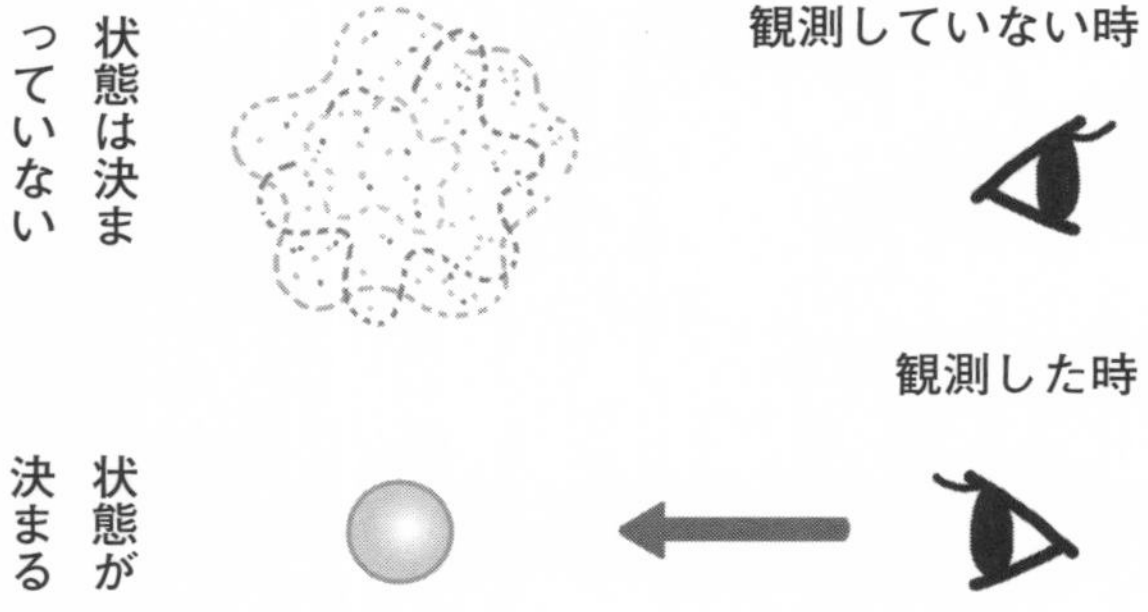

量子力学に対する反対意見

（まるでシュレディンガーの猫《ねこ》のように）
観測するまで両方の状態が重ね合わせになっているなんて、そんな考え方はおかしい。

シュレディンガー（1887～1961年）

神はサイコロを振《ふ》らない。
（確率で状態が決まることはあり得ない）

私が月を見ていなくても、月はそこにあるはずだ。
（観測していてもいなくても、物質の状態は決まっている）

アインシュタイン（1879～1955年）

考えてみよう！

あなたが見ていない時、そこに物は存在しているのだろうか？

三章　未来

作戦

「せいっ！　やっ！」

畳張《たたみば》りの道場内に、受講生たちの掛《か》け声《ごえ》が響《ひび》く。

受講生たちは袴《はかま》を器用にさばきながら、型の練習を繰《く》り返《かえ》す。

ここは合気道を習う場所――「昇心流《しょうしんりゅう》」の道場だ。

受講生たちをけわしい目で見つめる師範《しはん》に向かって、私は頭を下げた。

「組手のお相手をお願いします」

「何だって……？」

師範《しはん》はジロリと私を見た。

合気道では型の練習がほとんどで、組手を行うことはなかなかない。

昇心流ではたまに組手を行うこともあるけれど、私の相手をしてくれるのは師範代《しはんだい》や兄弟《あにで》子《し》で、師範《しはん》が相手をしてくれる機会はない。

実力の差がありすぎて、勝負にならないからだ。

「師範《しはん》を相手にするのは、早すぎるんじゃないか？」

私を心配したのか、師範代《しはんだい》が言った。

師範《しはん》は七十歳《さい》を超《こ》えているけれど、現役《げんえき》の自衛官を軽々と投げ飛ばす達人《たつじん》で、プロの格闘《かくとう》家《か》を育て上げたこともある。

「ふざけて言っているなら、怒《おこ》るところだぞ」

師範《しはん》は射ぬくような目で私を見つめた。

「私は、本気です」

真剣《しんけん》な目で、私は師範《しはん》を見返した。

「……わかった」

師範《しはん》はほかの受講生たちを下がらせると、道場の中央に進み出た。

私は深く息を吸い、師範《しはん》の前に立つ。

受講生たちが、ざわめきの声をあげた。

「師範《しはん》の組手を、直に見られるなんて……！」

「だけど、大丈夫《だいじょうぶ》なのか？」

「あの子、まだ中学生だろ」

私は丹田《たんでん》（＊5）に力をこめ、精神を集中した。

ざわめきをシャットアウトし、師範《しはん》の一挙手一投足だけに注目する。

審判《しんぱん》を務める師範代《しはんだい》が、「始め！」と号令を発した。

しん、と空気が静まり返る。

師範《しはん》はじっと私を見つめたまま、彫像《ちょうぞう》のように動かない。

武道には「後の先《ごせん》」（＊6）という言葉があるけれど、合気道では「先の先《せんせん》」を取るのが大切だ。

相手が動く気配を察し、先手を取れという意味らしい。

つまり、わずかな隙《すき》さえ見せてはならないし、相手の隙《すき》は決して見逃《みのが》してはならない。

少しも動いていないのに、緊張《きんちょう》感からこめかみに汗《あせ》が浮《う》かぶ。

（落ち着いて……平常心……）

私が小さく息を吸った時。

師範《しはん》が風のように踏《ふ》み込《こ》んできた。

＊5 「丹田《たんでん》」…へその少し下のところ。東洋医学では気力が集まる部分だとされている。
＊6 「後の先《ごせん》」…相手が仕掛《しか》けてきた技に合わせて、すばやく反撃《はんげき》すること。

（来た……！）

師範《しはん》の動きはあまりに速く、距離《きょり》を取るのは不可能だ。

ギリギリまで、私は師範《しはん》の動きを観察した。

師範《しはん》の左手が、私の右手首に向かって伸《の》びている。

投《な》げ技《わざ》の動きだ。

私はとっさに体をかがめ、右手を師範《しはん》の左手首の下にもぐりこませた。

師範《しはん》の表情が、わずかにゆがむ。

両手で師範《しはん》の腕《うで》をつかみ、私は体を回転させた。

私と師範《しはん》の体重差は、二十キロ以上ある。私の筋力だけでは、師範《しはん》を投げ飛ばすことは難しい。

けれども合気道の極意《ごくい》は、相手の力さえ利用するところにある。

踏《ふ》み込《こ》んで来た師範《しはん》の勢いを利用し、私は師範《しはん》を投げ飛ばした。

師範《しはん》は畳《たたみ》の上に背中から落ち、大きな音が響《ひび》き渡《わた》った。

決着はついたはずなのに、誰《だれ》も言葉を発しなかった。

審判《しんぱん》を務める師範代《しはんだい》さえ、あんぐりと口を開けたまま立《た》ち尽《つ》くしてる。

「くっ……はっはっはっ！」

静けさを打ち破ったのは、師範《しはん》の笑い声だった。

「その歳《とし》で、私を投げ飛ばすとは……みごとだ！」

ワッと歓声《かんせい》がわきあがり、受講生たちがいっせいに拍手《はくしゅ》した。

師範《しはん》は立ち上がり、私に向かって手を伸《の》ばした。

「私の目も節穴だな。君ほどの実力者を、これまで見逃《みのが》していたなんて」

私は師範《しはん》と握手《あくしゅ》しつつ、心の中でつぶやいた。

（師範《しはん》がご存じないのも、無理のないことです）

新たな作戦を実行に移してから、すでに六百回以上、私はループを繰《く》り返《かえ》している。

こうして師範《しはん》と組手《くみて》を行うのも、二十回目だ。

最初のうちは、まったく相手にならなかった。

瞬《また》く間《ま》に投げ飛ばされ、私は負けた。

ループを繰《く》り返《かえ》す中で、兄弟子《あにでし》や師範代《しはんだい》と組手を繰《く》り返《かえ》し、私はようやく師範《しはん》に勝つところまでたどりついた。

三日間というわずかな時間では、肉体を鍛《きた》えることは難しい。多少鍛《きた》えたところで、三日前に戻《もど》れば肉体も元に戻《もど》ってしまう。

けれども体の動かし方や、技《わざ》の見切り方は、記《き》憶《おく》できる。

私の立てた作戦は、危険を避《さ》けて通れないものだ。身を守る技《わざ》を身につける必要がある。

「どうやって修行《しゅぎょう》したのか、私に教えてくれないか?」

師範《しはん》に頼《たの》まれたけれど、「すごくがんばったからです」と言いつくろい、私は道場を後にした。


時間制のレンタルオフィスに到着《とうちゃく》した私は、スマートフォンをチェックした。

届いたメールの中に、『ターゲットが動きだしました』との報告があった。

『監視《かんし》を続けて』と素《す》早《ばや》く返信する。

ほどなくして『了解《りょうかい》しました』との返事が届いた。

メールの送信者は、何社か契約《けいやく》している探偵《たんてい》事務所の一つだ。

探偵《たんてい》事務所には、警察、マスコミ、役所などの幹部クラスを尾行《びこう》し、その動きを報告するよう依頼《いらい》している。

ラプラスの悪魔《あくま》の所有者が社会の上層部ならば、条件に当てはまる人々をかたっぱしから調べることで、組織の正体に迫《せま》れるのではないか——そう考えたのだ。

探偵《たんてい》事務所に支払《しはら》うお金は、株式投資によって稼《かせ》いだ。三日間をループしてる私は、どの株が値上がりするか完全に把握《はあく》している。

いくつもの探偵《たんてい》事務所に依頼《いらい》したとはいえ、最初のうちは何の手がかりも得られなかった。けれどもループを繰《く》り返《かえ》す中で、あやしげな動きを見せる人たちがいることに私は気づいた。

警察のトップに上りつめた人物や、自衛隊の元幹部、有名大学の教授など、さまざまな組織の幹部クラスが定期的にある場所に集まり、会合を重ねているのだ。

何のための会合なのか、参加者以外は誰《だれ》も知らない。忙《いそが》しい人たちが定期的に集まる以上、重要な用件があるはずなのに、それが何なのか少しもわからないのは不自然だ。

そう考えた私は、参加者一人ひとりの動きを徹底的《てっていてき》に調べ、あらゆる手段を駆使《くし》して情報を集めた。

やがて、ある参加者の通信記録から、彼《かれ》らの組織が「マクスウェル財団」という名であることを私は知った。

その組織が、いくつものペーパーカンパニーを操《あやつ》っていることもわかった。

（間違《まちが》いない……）

私は確信した。彼《かれ》らこそがアポロンによって、多くの人々をコントロールしている組織であり——私がつぶすべき組織だと。

私の立てた作戦は、ごくシンプルだ。

「黒幕の組織をつぶしてしまえば、思問が殺されることはない」

——単純で、誰《だれ》でも思いつくようなアイデア。けれども実行するのは、この上なく難しい。

あの日、思問の自宅で泣きじゃくるまで、私は組織の魔《ま》の手から逃《に》げることばかりを考えていた。思いつく限りの手を駆使《くし》して逃《のが》れようとしたけれど、何度繰《く》り返《かえ》してもうまくいかなかった。

逃《に》げることが不可能なら、組織をつぶすしかない。

そう決断した私は、ループのたびに道場に通いつつ、探偵《たんてい》事務所に依頼《いらい》して情報を集め、マクスウェル財団をつぶす準備を進めた。

（思問と出会ったばかりの頃《ころ》も、組織をつぶすなんて言ってたっけ……）

あの頃《ころ》は、ただの思いつきだったけれど。

今は、本気で計画を進めている。

それ以外に、思問が生きてる世界にたどりつく方法がないなら。

私は、絶対にやり遂《と》げる。

スマートフォンに、新しいメールが届いた。

『ターゲットに関する資料をお送りします』

送られてきた資料に目を通しながら、私は計画書を作成した。


分厚い計画書を読み終えた思問は、ため息をついた。

「これを、君が作ったのかい?」

「何か、問題でもあった?」

「そうじゃない。とてもよくできていると思うよ」

思問はなぜか、悲しそうな目で私を見つめた。

「それならどうして、そんな顔してるワケ?」

「これを完成させるまでに、君は何回ループした?」

「千回以上……もう思い出せないかな」

「すまない」

思問は私に頭を下げた。

「どうして思問が謝《あやま》るの？」

「僕《ぼく》のせいで、君は何年も時間を費やすことになった。そう思ったら――」

思問が深刻な調子で言ったので、私は思わず吹《ふ》き出《だ》してしまった。

「何がおかしいんだ？」

「思問は『僕《ぼく》のせいだ』って言うけどさ。そういうことじゃないんだよ」

「違《ちが》うのか……？」

「私が自分の意思で、やりたくてやってることだから」

義務感や責任感だけじゃ、ここまでがんばれない。

自分自身が心の底から望んでいなければ、きっとどこかでザセツしていたはずだ。

「思問が責任を感じることなんてないんだよ。一緒《いっしょ》に、計画を成功させよう」

私が差し出した手を、思問は握《にぎ》りしめた。

（この手の温かさを、失ってたまるもんか――）

心の中で、私は決意を新たにした。

決行

私と思問は、高層ビル「アーバンタワー」の近くで待機した。

アーバンタワーの最上階で、マクスウェル財団のメンバーは定期的に会合を行っている。

先ほど送られてきた探偵《たんてい》からのメールによると、メンバーは自宅を出てこのビルに向かっているそうだ。

今日、会合が行われるということだ。

私はアーバンタワーの周囲を観察した。

制服を着た警備員以外に、スーツを着た男性たちの姿が確認《かくにん》できる。

「マクスウェル財団のエージェントだね」

思問の言葉に、私はうなずいた。

マクスウェル財団は、警察官や自衛隊員の中から優秀《ゆうしゅう》な者をエージェントとして引《ひ》き抜《ぬ》いているらしい。

真正面から乗《の》り込《こ》んでも、こちらに勝ち目はないだろう。

だからこそ、私は計画を立ててきた。

「始めるよ」

そう言うと、私はリモコンのボタンを押《お》した。

複数のドローンが、アーバンタワーめがけて飛んでいく。

ドローンは白い煙《けむり》を噴《ふ》き出《だ》し、一帯を覆《おお》い隠《かく》した。

白い煙《けむり》の正体は舞台《ぶたい》で使われるスモークで、吸《す》い込《こ》んでも害はない。

けれども警備員やエージェントは、対処せずにはいられないはずだ。

通報を受け、警察もやってくるだろう。警察が近くにいる状況《じょうきょう》では、エージェントも無《む》茶《ちゃ》なことはできない。

続けて私はノートパソコンを操作し、アーバンタワーの管理システムに侵入《しんにゅう》させたコンピューターウイルスを起動した。

監視《かんし》カメラの映像データを書《か》き換《か》え、「現実には存在しない侵入者《しんにゅうしゃ》の姿」をモニターに映し出す。

(下準備は、これでよし……)

私は思問に目くばせした。

「行こう」

「ああ」

潜入《せんにゅう》用の服を着た私と思問は、あらかじめ作っておいた合鍵《あいかぎ》でアーバンタワーの地下の扉《とびら》を開け、ビル内に入《はい》り込《こ》んだ。

高層階に向かうには、エレベーターの電子ロックを解除するためのカードキーが必要となる。

カードキーを持っているのはマクスウェル財団のメンバーのみで、毎回会合の直前に新しいカードキーが用意される仕組みだ。

つまり今日、メンバーの誰《だれ》かから奪《うば》う以外に、カードキーを手に入れる方法はない。

階段を上り、アーバンタワーの一階にあるカフェラウンジに向かうと、客たちがざわめいていた。

窓の外が白い煙《けむり》で覆《おお》われているのだから、落ち着かないのも無理はない。

「あの男性かい?」

茶色いジャケットを着た五十代ぐらいの男性客を、思問が指さした。

「うん」

彼《かれ》はマクスウェル財団のメンバーの一人で、大学で経済学を教えている教授だ。

会合の開始時刻より早い時間にカフェラウンジに立ち寄り、コーヒーを飲みながら本を読む習慣があることは、これまでの調査で判明している。

私と思問は植木の陰《かげ》に身をひそめ、タイミングを見計らった。

「いったい何が起こってるんだ⁉」

客たちはカフェのスタッフに詰《つ》め寄《よ》り、口々に尋《たず》ねている。

スタッフは、返答に困っているようだ。

客たちの混乱が、ピークに達した瞬間《しゅんかん》——。

私はリモコンのスイッチを押《お》した。

パン、パン
けたたましい破裂音《はれつおん》がフロア中に響《ひび》き、客たちは悲鳴をあげた。

「**銃声《じゅうせい》だ……!**」

誰《だれ》かがそう叫《さけ》び、パニックに陥《おちい》った客たちはあわてて逃《に》げ出《だ》した。

実際は、爆竹《ばくちく》をいくつも爆発《ばくはつ》させただけなのに、混乱している客たちにはそう聞こえたらしい。

逃《に》げまどう客たちの合間をぬい、私は教授に近づいた。

誰《だれ》かに突《つ》き飛《と》ばされたのか、教授は尻餅《しりもち》をついている。

「大丈夫《だいじょうぶ》ですか？」

「ああ……ありがとう」

私は教授を抱《だ》き起《お》こした。

「非常口は、あちらですよ」

「すまないね」

おぼつかない足取りで走り去る教授を見送ると、私はジャケットの内ポケットから抜《ぬ》き取《と》ったパスケースを確認《かくにん》した。

その中には、真新しいカードキーが入っている。

「見事な手並みだね」

客たちに紛《まぎ》れ、近づいてきた思問が言った。

「こんなことでほめないでもらえる？」

何度も練習した技術だけど、今後の人生で役に立つことはないだろう。

私たちは駆《か》け足《あし》でエレベーターホールに向かった。

33
32
31

高層階行きのエレベーターに乗《の》り込《こ》み、タッチパネルにカードキーをかざして電子ロックを解除する。

最上階のボタンを押《お》すと、エレベーターの扉《とびら》が閉まり、エレベーターは上昇《じょうしょう》を始めた。

壁《かべ》にもたれ、私はホッと胸をなでおろす。

（ここまでは順調……だけど——）

決して油断してはならない。

相手は、ラプラスの悪魔《あくま》を持っているのだ。

三十一階、三十二階、三十三階……。

最上階まであと少しというところで、エレベーターは突然《とつぜん》停止した。

ドアがゆっくりと開いていく。

「ドアから離《はな》れて！」

私と思問がドアの両脇《りょうわき》に身を隠《かく》した直後、発砲音《はっぽうおん》が響《ひび》いた。

エレベーターの壁《かべ》に貼《は》りつけられた鏡が砕《くだ》け散《ち》り、足元に散らばる。

「両手を頭のうしろで組み、おとなしく出てくるんだ」

エージェントの一人が、私たちに告げた。

「指示に従わない場合、再び攻撃《こうげき》を行う」

ゆっくりと深呼吸し、私は気持ちを落ち着けた。

(大丈夫《だいじょうぶ》……うまくいく)

散らばった鏡の破片《はへん》を見て、私はエージェントたちの位置を確認《かくにん》した。

手前に一人。奥《おく》に二人。距離《きょり》はおよそ三メートル。

私はカバンに入れておいた筒状《つつじょう》の物体を取り出し、ピンを取り外すと、エージェントたちの足元に放《ほう》り投《な》げた。

筒状《つつじょう》の物体から黒い煙《けむり》が噴《ふ》き出《だ》し、エージェントたちの視界を覆《おお》う。

私はただちにエレベーターから飛び出すと、手前にいた一人の足を横なぎに払《はら》った。

バランスを崩《くず》したエージェントは、煙《けむり》の中でほかのエージェントたちともつれあい、転倒《てんとう》した。

何も見えない状況《じょうきょう》では、味方に当たることを恐《おそ》れて銃《じゅう》も撃《う》てないようだ。

思問の手を引いて、私は壁《かべ》伝いに走った。

突《つ》き当《あ》たりの扉《とびら》を工具でこじあけると、私たちは非常用階段を駆《か》け上《あ》がった。

最上階は、二フロア上だ。

息切れを起こした思問に、「先に行くね！」と声をかけ、私は最後の階段を上ろうとした。

だが――。

最上階へと続く扉《とびら》の前に、エージェントが立っていた。

エージェントは口元に笑《え》みを浮《う》かべながら、手にした銃《じゅう》の引き金に指をかけた。

腹部に強い衝撃《しょうげき》を覚え、私はその場に崩《くず》れ落《お》ちた。

「おろかな子どもたちだ。私たちに逆らったところで、勝ち目なんてないのに」

つまらないものを見るような目で、エージェントは私を見下ろした。

階下の思問に、エージェントは視線を移動させる。

思問を射線上にとらえるため、エージェントは階段に向かって踏《ふ》み出《だ》した。

（……今だ！）

私は跳《と》び起きると、エージェントに背中からしがみついた。

「何……!?」

戸惑《とまど》っているエージェントに、私は全力で締《し》め技《わざ》をかけた。

師範《しはん》なら、十秒もあれば気絶させられるだろう。

けれども私の体格では、そこまでの力は出せない。

十秒以上経過しても、エージェントは意識を失わず、必死に私を振《ふ》り落《お》とそうとした。

腕《うで》がしびれ、力が抜《ぬ》けていく。

（まずい……）

その時。

階段を駆《か》け上《あ》がり、思問がエージェントに飛《と》びかかった。

エージェントがよろめいた瞬間《しゅんかん》を、私は見逃《みのが》さなかった。

体勢をすばやく変え、私は両足で締《し》め技《わざ》をかけ直す。

数秒後、エージェントの体からようやく力が抜《ぬ》けた。

荒《あら》く呼吸しながら、私は立ち上がる。

思問はまだ、エージェントの体にしがみついている。

「もう大丈夫《だいじょうぶ》だよ、思問」

「そうなのか……？」

「ありがとうね、助けてくれて」

私が差し出した手を思問はつかみ、体を起こした。

「怪我《けが》はなかったかい？」

私は服にあいた穴に目をやった。

「さすがに痛かったけど、怪我《けが》はしてないよ」

いざという時にそなえ、私たちは鋼鉄より強いアラミド繊維製《せんいせい》の防弾《ぼうだん》ベストを、服の下に着込《きこ》んでいる。

もしもエージェントが、お腹《なか》以外を狙《ねら》ってきたら防げなかっただろうけれど。

私は、お腹《なか》を狙《ねら》って来ると確信していた。

動き回るターゲットを狙《ねら》う際、手足や頭を撃《う》ち抜《ぬ》くことは、射撃《しゃげき》のプロでも難しい。

エージェントが元警察官や元自衛隊員なら、胴体《どうたい》を狙《ねら》うよう訓練を受けているはずだ。

過去のループで思問が撃《う》たれた際も、エージェントは思問の胴体《どうたい》ばかりを狙《ねら》った。

数えきれないほどその光景を目にしてきた私は、エージェントがどう行動するか、誰《だれ》よりも知っている。

扉《とびら》のロックを破壊《はかい》し、私と思問はついに、最上階に足を踏《ふ》み入《い》れた。

「まさか、ここまでたどりつけるなんてね……」

感慨深《かんがいぶか》げに、思問がつぶやいた。

「そのために、計画を立ててきたんだよ」

何度となくループを繰《く》り返《かえ》すうちに、完全無欠とも思えるラプラスの悪魔《あくま》にも弱点があることに、私は気づいた。

ラプラスの悪魔《あくま》は未来を予測し、目標を実現したりトラブルを回避《かいひ》したりする方法をあらかじめ伝えるけれど、「使用者ができないことは実現しない」のだ。

たとえば、一か月後のマラソン大会で優勝する方法を尋《たず》ねたとする。

「毎日四十キロメートル走り続け、二キログラムの鶏肉《とりにく》を食べ続ければ可能です」と、ラプラスの悪魔《あくま》が答えたとしよう。

そんなことを実行できる人が、どれほどいるだろうか？

ものすごく根性《こんじょう》のある人なら、ひょっとしたら実行できるかもしれない。

では、次の場合はどうだろう？

「明日、心臓の病気で亡《な》くなります」とラプラスの悪魔《あくま》が告げたとする。

命を落とさないためには「明日までにかわりの心臓を用意しなければならない」としよう。

そんなことは、まず不可能だ。

ラプラスの悪魔《あくま》は万能《ばんのう》かもしれないけれど、それを使う人間の能力や可能性には限りがある。

能力が足りないことを理由に、振付師《ふりつけし》の夢を否定された私だからこそ——そのことに気づけた。

マクスウェル財団が、何人のエージェントを雇《やと》っていようと。

対処できるトラブルには、限りがあるはずだ。

たくさんのトラブルを同時に引き起こしたうえで、エージェントを突破《とっぱ》する方法を身につければ、私たちは最上階にたどりつける。

そう考えた私は、作戦を練り上げた。

そして決行し——四回失敗した。

そのたびに調整を重ね、アーバンタワーへの突入《とつにゅう》はこれで五回目になる。

ラプラスの悪魔《あくま》が、私たちの動きをどれだけ予測しようとも。

マクスウェル財団の対処能力を上回れば、ゴールにたどりつける。

そう信じて、私は動き続けてきた。

「行こう」

私は思問と共に、最上階を奥《おく》へと進んだ。

対面

ふかふかの絨毯《じゅうたん》が敷《し》かれた通路を、私たちは慎重《しんちょう》に歩いた。

フロアはしんと静まり返っている。

会合の内容を知られたくないからか、このフロアにエージェントの姿はない。

通路の端《はし》にある両扉《りょうとびら》の取っ手に、私と思問は手をかけた。

会合が始まる時刻まで、あと少しだ。主催者《しゅさいしゃ》は、この部屋にいるはずだ。

私と思問は目くばせしあい、同時に力をこめた。

キィ、と音がして、扉《とびら》が開く。

そこは、広い会議室だった。

中央に大きなテーブルがあり、最奥《さいおく》の席に誰《だれ》かが座《すわ》っている。

その人物の背後の壁《かべ》には、黒い箱がぎっしりと並べられ、箱についたランプがチカチカと点滅《てんめつ》している。

大きな機械——きっと、ラプラスの悪魔《あくま》だ。

「……来たか」
最奥《さいおく》の席に座《すわ》った人物が、私たちを見すえながら口を開いた。
白に近い色の髪《かみ》に、灰色の目。
ハッピーメイカーにシコウジッゲン装置を渡《わた》した老人だろう。
（あれ……？）
老人の容姿に、見覚えがあるような気がした。
スッと通った眉毛《まゆげ》に、細い首。
年齢《ねんれい》こそ、ずいぶん違《ちが》うけれど——。
（思問によく似てる……？）
私は横目で思問をチラリと見た。
思問の表情に、特に変化はない。
関《かか》わりのある人物なら、反応してもおかしくないところだけど。
「まさか君たちが、ここまでたどりつくとは……。恐《おそ》れ入《い》ったよ」
皮肉のこもった口調で、老人が言った。
（こういう口調も、思問に似てるような——）

などと思いつつ、私は言い返した。

「ラプラスの悪魔《あくま》がありながら、予測できなかったんですか？」

「念入りに、予測を繰《く》り返《かえ》したとも。だが君たちの動きは、こちらが対処できる範囲《はんい》を超《こ》えていた。君たちに、そんなことができた理由は――」

老人はけわしい表情で、私たちを見つめた。

「『シュレディンガーの猫《ねこ》』を使ったな？　そうだろう」

私はうなずいた。

「つまり君は、見た目以上に歳《とし》を取っているわけだ」

老人の口調に、からかうようなニュアンスを感じたけれど。

挑発《ちょうはつ》に乗るのもしゃくなので、気にしないふりをしつつ私はやり取りを続けた。

「私たちが何のためにここまで来たか、その理由もおわかりですよね？」

「君たちの狙《ねら》いは、ラプラスの悪魔《あくま》だろう」

「わかっているなら、お渡《わた》しいただけますか？」

私がそう言うと、老人はククと喉《のど》を鳴らすように笑った。

「君たちのような、何も知らない者に渡《わた》せるはずがなかろう。そもそも、運ぶことさえ不可能だ」

私は老人の背後に並んだ箱を見上げた。

相当の重量がありそうだけれど、台車にのせて運べば――。

「ここにある機器は、コントロールシステムでしかない。ラプラスの悪魔《あくま》の本体は、このビルそのものだ」

灰色の目で私たちをにらみつけながら、老人は言った。

(このビルそのもの……)

世界中の原子の動きを予測するには、そのぐらいのサイズが必要になるのかもしれない。

「動かせないなら、破壊《はかい》するしかありませんね」

ラプラスの悪魔《あくま》が存在する限り、思問はマクスウェル財団の魔《ま》の手から逃《のが》れられない。思問を守るためには、機能を停止させるしかない。

「救いがたい……。実に、おろかだな」

これ見よがしにため息をつきながら、老人は言った。

「何と言われようとかまいません。私たちは――」

「我々の目的が何なのか、君たちには理解できているのかね?」

重々しい声で、老人が尋《たず》ねた。

「おだやかな社会をつくること、じゃないですか？」

私がそう答えると、老人はうなずいた。

「そのぐらいは、君たちにも理解できているか」

（いちいち、カチンとくる言い方をする人だな）と、私は思った。

こういうやり取りには慣れているので、今さら腹も立たない。

「重ねて尋《たず》ねるが、おだやかな社会をつくらなければならない理由は、何だと思う？」

「それは……あなたたちの地位を、守り続けるためでは？」

私がそう言うと、しわの刻まれた顔をくしゃくしゃにして老人は笑った。

「ハッハッハッ！　そのようなくだらない目的のために、動くはずがなかろう！」

「違《ちが》うんですか？」

「我々の目的を、おろかな君たちにもわかるように教えてやろう」

老人は椅子《いす》を半回転させ、壁《かべ》一面に並んだ箱に話しかけた。

「ラプラスの悪魔《あくま》に告げる。例の映像を映し出せ」

「かしこまりました」

機械的な音声が流れ、天井《てんじょう》からスクリーンが下りてきた。

プロジェクターが、スクリーンに映像を映し出す。

「見るがいい。ラプラスの悪魔《あくま》が予測した未来を」

スクリーンは、真っ赤に染まっている。

それは、炎《ほのお》の色だった。

地面をなめるように炎《ほのお》が広がり、建物も人も、すべてをのみこもうとしている。

炎《ほのお》は地上のみならず、海さえ干上《ひあ》がらせ、あらゆる生命を真っ黒い消し炭に変えていく。

地獄《じごく》――それ以外に、この景色を表す言葉が見つからない。

「この映像は……？」

「もしも我々が、ラプラスの悪魔《あくま》を使用せず、人々を管理しなかったら――この世界は、このような末路を迎《むか》えることとなる」

「そんな……！」

「信じられないか？　何度予測を繰《く》り返《かえ》しても、この結末は変わらなかった。人々を完全に管理しない限り、この未来は避《さ》けられない」

「どうしてこんなことに――」

「原子力を上回るエネルギーが、発明された結果だ。無限に生み出されるエネルギーが、この世界を燃《も》やし尽《つ》くす」

（無限に生み出されるエネルギー……？）

私は首をかしげた。

たとえば、石油や石炭を燃やせば、エネルギーを生み出せる。

けれども、燃やしたものは失われてしまう。

何かを生み出すためには、何かを失わなければならない。

それがこの世界の、基本的な法則のはずだ。

「無限に使えるエネルギーなんて、あるはずが――」

私の言葉をさえぎり、思問が言った。

「ある。マクスウェルの悪魔《あくま》だ」

「マクスウェルの悪魔《あくま》……？」

また、悪魔《あくま》が出てきた。ラプラスの悪魔《あくま》とは違《ちが》うんだろうか？

「それ、どんな悪魔《あくま》なの？」

「思考実験の一つだよ。温かいお湯と冷たい水を混ぜた時、どうなると思う？」

唐突《とうとつ》に、思問が質問してきた。

「ぬるい水ができるんじゃないの？」

「そのとおりだ。では逆に、ぬるい水を温かいお湯と冷たい水に分けることはできるかい？」

「そんなの、できないと思うけど……」

「もしもできたら、どうなると思う？」

「どうなるって……」

もしも、ぬるい水を温かいお湯と冷たい水に分けることができたら、どうなるだろうか？

電気やガスを使わなくとも、お湯を沸《わ》かせるようになるだろう。

火力発電所も原子力発電所も、使用する燃料は違《ちが》うけれど、お湯を沸《わ》かして発電している点は同じだと聞いたことがある。

つまり――。

「いくらでも、エネルギーを生み出せるようになるってこと……？」

私がそう言うと、老人がうなずいた。

「それこそが、マクスウェルの悪魔《あくま》――無限にエネルギーを生み出す、究極にして最後の装置だ」

「それが、この映像とどう関係するんですか……?」

「原子力エネルギーの発明により原子爆弾《ばくだん》が開発されたように——新たなエネルギーの発明により、新たな兵器が誕生する。原子力エネルギーは燃料が燃《も》え尽《つ》きれば停止するが、マクスウェルの悪魔《あくま》は無限にエネルギーを生み出し続ける。もしもマクスウェルの悪魔《あくま》が、兵器として利用されたらどうなると思う?」

ぞくり、と背筋が震《ふる》えた。

「永遠に……破壊《はかい》が続くってことですか?」

老人はうなずいた。

「ラプラスの悪魔《あくま》によれば、人類の文明があるレベルに達した時点で、マクスウェルの悪魔《あくま》が発明される。無限にエネルギーを生み出す奇跡《きせき》の装置だが——この世界を燃《も》やし尽《つ》くす悪《あく》魔《ま》の兵器にもなりうる。戦争の道具としてマクスウェルの悪魔《あくま》が利用された結果、永遠に消えない炎《ほのお》が世界を覆《おお》い、人類の歴史は終わる」

「そんな……」

スクリーンに映し出された一面の炎《ほのお》を眺《なが》めながら、私はぼうぜんと立《た》ち尽《つ》くした。

こんなものが、この世界の未来だなんて。

「このような未来を望むなら、ラプラスの悪魔《あくま》を破壊《はかい》するがいい。人類の歴史が終わろうと、構わないのならばな」

「……ラプラスの悪魔《あくま》を使えば、このようなことは起こらないんですか？」

私の質問に、老人は笑顔《えがお》で答えた。

「もちろんだ。そのために、我々は活動しているのだよ」

（どうすればいいの……）

ラプラスの悪魔《あくま》がどれほど巨大《きょだい》でも、破壊《はかい》することは不可能じゃない。

けれどもそんなことをしたら、この世界はいずれ、マクスウェルの悪魔《あくま》により滅《ほろ》ぼされる。

その頃《ころ》、私は生きていないかもしれないけれど、もしも私に子どもができたら、その子はこのような最期《さいご》を迎《むか》えることになるのかもしれない。

（そんなの嫌《いや》だ――）

葛藤《かっとう》する私に向かって、老人は言った。

「君たちが手を引いてくれるなら、この先、君たちを狙《ねら》わないと約束しよう」

「え……？」

「世界の破滅《はめつ》を防ぐという我々の目的に、君たちが賛同してくれるならば、これ以上君たちを狙《ねら》う理由はない。我々としても、『シュレディンガーの猫《ねこ》』の持ち主を敵に回したくはないからな」

（本当に……？）

老人の発言を、すべて信じる気にはなれないけれど。

すべてが嘘《うそ》とも思えない。

ラプラスの悪魔《あくま》を破壊《はかい》してしまったら、世界はいずれ、悲惨《ひさん》な結末を迎《むか》えるのかもしれない。

ここで撤退《てったい》しても、私と思問の安全が保証されるなら。

（退いたほうがいいの……？）

などと私が考えていると。

「くくっ……」

思問が口に手を当てている。

噴《ふ》き出《だ》すのを、こらえているようだ。

「何がおかしい、思問考」

老人が、思問をにらみながら言った。

「大人というのは、ずるい生き物だと思ってね」

「ずるいだと……？」

「あんたは、自分たちにとって都合のいいことばかりを述べ、肝心《かんじん》なことを伝えていない。世界の破滅《はめつ》を防ぐのはすばらしいことかもしれないが……そのために『何が失われる』のか、あんたはきちんと伝えていないだろ？」

（失われる……？）

老人は口元で両手を組み、何も言わずに思問をにらんでいる。

「失われるって、何のこと？」

「あの老人の話を注意深く聞いていれば、気づけたはずだよ。ラプラスの悪魔《あくま》が人々を管理したら、この世界から『あるもの』が永遠に失われると」

（老人の話……？）

これまでの話の中に、引っかかるところがあっただろうか。

私は老人の言葉を、思い返してみた。

（将来、マクスウェルの悪魔《あくま》が発明されると……恐《おそ》ろしい兵器が生み出され、人類は破滅《はめつ》する。それを防ぐためには、ラプラスの悪魔《あくま》で人々を管理しなければならない……）

何か、おかしな点があっただろうか？

考《かんが》え込《こ》む私を見て、思問が言った。

「マクスウェルの悪魔《あくま》が発明されるのは、どのタイミングだと彼《かれ》は言った？」

「それは……」

『人類の文明があるレベルに達した時点』だと、あの老人は言った。

（待って……。それって、つまり——）

嫌《いや》な予感が、私の脳内を駆《か》けめぐる。

「気づいたかい？　マクスウェルの悪魔《あくま》が発明されるのを防ぐためには、人類の文明がこれ以上進歩しないよう、管理する必要がある。マクスウェル財団の目的は、文明の進歩を止めることだ」

老人は眉間《みけん》にしわを寄せながら、思問を見つめている。

反論しないということは、思問の言葉どおりなのだろうか。

「文明の進歩を止めるなんて、可能なの？」

思問に尋《たず》ねると、予想外の答えが返ってきた。

「君はもう、経験してるじゃないか」

「私が？」

「文明を進歩させる原動力は何だと思う？　『挑戦《ちょうせん》』だよ。飛行機もコンピューターも、困難を乗《の》り越《こ》えようとする人々の挑戦《ちょうせん》によって発明されたんだ。ラプラスの悪魔《あくま》が、人類の破滅《はめつ》を防ぐように設定されているなら、人々が挑戦《ちょうせん》をやめるよう仕向けるはずだよ」

「挑戦《ちょうせん》……」

以前、私が振付師《ふりつけし》になれるかどうか尋《たず》ねた時。

ラプラスの悪魔《あくま》は「不可能です」ときっぱり否定した。

あの時は、自分に適性がないからだと思ったけれど――。

（まさか……まさか……！）

「夢に挑《いど》んだり、困難に挑戦《ちょうせん》したりすることを……ラプラスの悪魔《あくま》は、やめさせようとしてるんですか？」

私の質問に、老人は答えなかった。

「やはり、都合の悪いことは口にしないんだね。それなら――ラプラスの悪魔《あくま》に直接、聞いてみようじゃないか」

壁《かべ》一面に並んだ箱に、思問は語りかけた。

「ラプラスの悪魔《あくま》に告げる。十年後の世界の光景を、スクリーンに映してくれ」

「かしこまりました」

ラプラスの悪魔《あくま》は思問の指示に従い、映像を切《き》り替《か》えた。

街の景色が、スクリーンに映し出される。

十年後のはずなのに、今と何も変わっていない。

人々の持ち物も服も、今とまったく同じだ。

（ん……？）

よく見ると、街の景色が少し違《ちが》う。

無個性なビルはたくさんあるけれど、本屋がない。チェーン店以外の飲食店もない。ゲームソフトを売る店も、ライブハウスもない。劇場も映画館もサッカー場もない。

スクリーンに映る街には、楽しそうなものが何一つない。

「誰《だれ》もがラプラスの悪魔《あくま》に従い、挑戦《ちょうせん》をやめた結果――リスクをともなう仕事を、多くの人が避《さ》けるようになった。漫画家《まんがか》や小説家、俳優やスポーツ選手、映画館やカフェの経営……成功するとは限らない仕事を選ぶ人は、十年でずいぶん減っただろう。街の景色は味気ないものになり、人々は毎日、安定してはいるが刺激《しげき》の少ない仕事を淡々《たんたん》と続けるようになる」

スクリーンを見ながら、思問が言った。

スクリーンには、通勤のようすや生徒たちの登下校など、さまざまな光景が映し出されている。

映像を見つめるうちに、登場する人々に共通点があることに私は気づいた。

（表情に、ほとんど変化がない……）

会社員は一定のペースで街を歩き、喜びも感動もないようすで食事を口に運び、同じ時刻の電車に乗って会社と自宅を往復する。

その日、何が起こるかあらかじめ知っているため、驚《おどろ》きも興奮もないのだろう。

子どもたちさえ、はしゃぐようすを見せず、機械のように課題を解いている。

自分たちがどのような人生を送るか知っている彼《かれ》らにとって、今後の人生は結果の見えた消化試合なのかもしれない。

（何これ……）

その映像は、世界の破滅《はめつ》とはまったく違《ちが》うものではあるけれど、同じぐらいの絶望を私にあたえた。

(これが、未来の世界なの……?)

ラプラスの悪魔《あくま》が人々を管理すれば、マクスウェルの悪魔《あくま》は発明されず、世界の破滅《はめつ》は防げるかもしれない。

けれどその場合、人々は今後ずっと、同じような生活を繰《く》り返《かえ》すことになるだろう。

進歩もなく、楽しみもなく、予測された人生をなぞるだけの生き方。

そんな生き方に、私は耐《た》えられるだろうか?

「さて——ミノリはどちらの世界を望む?」

思問が私を見つめながら言った。

「私は……」

挑戦《ちょうせん》は可能だが、マクスウェルの悪魔《あくま》に滅《ほろ》ぼされる世界か。

挑戦《ちょうせん》が許されず、ラプラスの悪魔《あくま》に管理される世界か。

(どちらを選ぶべきなの……?)

私の決断に、世界の未来がかかってるなんて。

重すぎる選択《せんたく》に、私が戸惑《とまど》っていると。

「冷静に考えるんだ」

そう言いながら、老人が立ち上がった。

「ラプラスの悪魔《あくま》によって管理された世界には、犯罪もなければ、事故もない。予測された人生であろうと、誰《だれ》もが平和で、おだやかな暮らしを得られるのだ。人類が長年あこがれ続けた理想郷そのものではないか。その世界を、君は否定するのか?」

「……」

何も言えず、私はうつむいた。

老人の言っていることは、間違《まちが》ってはいない。

犯罪や事故のない世界はきっと、不幸の少ない世界だろう。

だけど――。

私はすっと息を吸い、丹田《たんでん》に力をこめた。

カバンからノートパソコンを取り出し、起動する。

アーバンタワーの管理システムに侵入《しんにゅう》させたコンピューターウイルスを利用し、ビルの電源を管理する設備に入《はい》り込《こ》む。

いざという時、ビルを停電させられれば時間を稼《かせ》げるだろうと考え、準備しておいた段取りだ。

私はブレーカーの電源をオフにし、電圧を変更《へんこう》する変圧器を操作した。

電圧をゼロにすれば、ビルは停電する。

逆に、電圧を高圧にすれば――。

「おい、何をしている⁉」

青ざめた顔で、老人が尋《たず》ねた。

「まさか……ラプラスの悪魔《あくま》を、破壊《はかい》するつもりじゃないだろうな？」

「そのつもりです」

私の言葉に、老人は目を見開いた。

「なんと馬鹿《ばか》なことを……！　私の話を聞いていなかったのか⁉　そんなことをしたら、この世界はいずれ破滅《はめつ》するんだぞ！」

「……破滅《はめつ》を防ぐ手はあります」

「君に、何ができる⁉　君のような小娘《こむすめ》に、いったい何が――」

私はシュレディンガーの猫《ねこ》を取り出し、老人に突《つ》きつけた。

老人は、ハッと息をのんだ。

「まさか……未来が変わるまでループするのか？」

「望む未来にたどりつけるまで、何度だってやり直せばいいんです」

ここにたどりつくことさえ、最初は不可能だと思った。

何度くじけそうになったかわからない。

けれども私は、あきらめなかった。

思問が生きてる世界にたどりつくため、何度も何度も挑戦《ちょうせん》を繰《く》り返《かえ》し——。

そして、ここまで来た。

「本気で言っているのか……？　世界の破滅《はめつ》を止めるなど、およそ不可能だ」

「あきらめない限り、可能です」

「君なら、ひょっとしたらできるかもしれない。だが世界が破滅《はめつ》する瞬間《しゅんかん》、君は生きてはいまい。君の子ども、あるいはその子どもの世代がループを繰《く》り返《かえ》すことになるだろう。君と同じことを、彼《かれ》らができると思うのか？」

「私は、そう信じます」

私のような、とりえの多くない人間にだってできたのだ。

私より後の世代はきっと、私より優秀《ゆうしゅう》で、できることも多いはずだ。

過去

私が高圧電流を流す準備を進めていると。

カチャリ、と音がした。

顔をあげると、老人が震《ふる》える手で銃《じゅう》を握《にぎ》っている。

「やめろ……。やめるんだ……！」

私と老人の間に、思問が立ちふさがった。

「思問……！」

老人をまっすぐ見つめながら、思問は言った。

「あきらめろ。この子は自分の意思で、千回以上ループを繰《く》り返《かえ》してる。人の話を素直《すなお》に聞くような子じゃない」

（失礼な……！）

私はそこまでへそまがりじゃない。

人の話に、ちゃんと耳を傾《かたむ》けられるほうだ。

（納得《なっとく》できないことは、納得《なっとく》できないけど……）

私が心の中でつぶやいていると、老人がかすれたような声で言った。

「どうして私の邪魔《じゃま》をするのだ……思問考」

「おかしいかい？」

「おかしいとも。私とお前は、本質的に同じ存在のはずだ」

（え……？）

老人が何を言っているのか、理解できなかった。

（あの老人と思問が、同じ……？）

髪《かみ》の色も目の色も、似ているけれど。

年齢《ねんれい》ははるかに離《はな》れているのに。

私が腑《ふ》に落ちない顔をしていると、思問がこちらに視線を向けた。

「あの老人の言っていることは、事実だよ」

「どういうこと……？」

「君ならわかるはずだ」

（私なら……？）

そう言われても、わからないものはわからない。

「これまでの出来事を思い返してほしい。その中に、手がかりはある」

思問と出会ってからのことを、私は思い返した。

お母さんが研究所で手術を受け、帰って来た数日後。

私は公園で、思問と出会った。

私は思問と一緒《いっしょ》に、研究所に乗《の》り込《こ》み、そこでもう一人のお母さんを発見し――。

（……！　まさか――）

私の脳内で、ピースがカチリとはまった。

老人と思問が、同じ存在ということは――。

「気づいたかい？」

「……どちらかが、コピーってこと？」

私の言葉に、思問はうなずいた。

「僕《ぼく》の父は、シコウジツゲン装置の開発者の一人だ。彼《かれ》は自分の子どもを、生体コピー機の実験に使った」

生体コピー機――私のお母さんに使われた装置だ。

「そうして僕《ぼく》たちは二人になったが、その片方――僕《ぼく》はウラシマ・カプセルの中に入れられ、時間が止まった」

「どうしてそんなこと……」

「さあね。実験のつもりだったのか、それとも同じ存在が二人いると困るからか……今となってはわからない。それから数十年後、外に出た僕《ぼく》は、シコウジツゲン装置を集めるうちに組織の噂《うわさ》を聞きつけた。ある組織のボスが、僕《ぼく》と同じ存在であることは予想していたけれど、そのとおりだったよ」

老人――もう一人の思問考は、灰色の目をうるませながら思問を見つめた。

「思問よ、私にはわかる。お前がずっとマクスウェル・マシーンを集めていたのは、無用な争いが起こるのを防ぐためだろう?」

「それも目的の一つだよ。最初は、開発者が何を考えてこんなものを作ったのか、知りたいという理由のほうが大きかったけどね」

「やはり……そうなのだな」

何度もうなずきながら老人は言った。

「お前は私と同じだ。私も、無用な争いなど見たくはない。誰《だれ》もが平和で、おだやかに暮らせる世界をつくりたい。その意思は、お前なら理解できるはずだ」

「何が言いたいんだい？」

老人は銃《じゅう》を握《にぎ》っていないほうの手を、思問に向かって伸《の》ばした。

「私と手を組もう、思問」

（な……！）

私は驚《おどろ》き、思問の顔を見た。

思問は何も言わず、老人を見つめている。

「この地上に、私たちほどお互《たが》いのことを理解できる存在はいない。私とお前が手を組めば、理想の世界をつくり出せる。その小娘《こむすめ》にまどわされるな。私と共に来い、思問！」

枯《か》れた声をはりあげ、老人が言った。

思問はじっと立ったまま、何も言おうとしない。

（思問……まさか――）

老人と思問が同じ存在なら、誰《だれ》よりもお互《たが》いのことを理解できるのは間違《まちが》いない。

もしも思問が、老人の考えに賛同してしまったら――。

不安げな表情を浮《う》かべる私を見て、思問は微笑《ほほえ》んだ。

「そんな顔するなよ。僕《ぼく》が今さら、あの老人に賛同するはずがないだろう？」

「思問……」

「なぜだ、思問！」

老人が声を荒《あら》らげた。

「同じ存在でありながら、なぜ、違《ちが》う結論に至る⁉」

「答えは簡単だよ」

私に視線を送りながら、思問は言った。

「僕《ぼく》は、この子に出会った」

「何……⁉」

「僕《ぼく》のために何度も何度も、同じ時間を繰《く》り返《かえ》し、あきらめずに戦ってくれた。それだけのことをしてくれる人が、あんたの近くにはいるのか？」

思問の質問に、老人は黙《だま》り込《こ》んだ。

「それがあんたの弱点だよ。あんたはきっと、誰《だれ》のことも信じられないんだろう。だからこそ個人の意思を否定し、何もかもラプラスの悪魔《あくま》に管理させようとするんだ。個人の意思がなくなれば、誰《だれ》かに裏切られることもなくなるからね」

「違《ちが》う……！　私は――」

老人の視線が、左右に揺《ゆ》れている。

思問の言葉に、動揺《どうよう》しているのかもしれない。

「話し合いはここまでだ。終わらせよう」

私に向かって、思問が言った。

私がうなずき、高圧電流を流そうとした瞬間《しゅんかん》――。

「やめろぉおっ……！」

怒声《どせい》と共に、老人が銃《じゅう》の引き金を引いた。

銃弾《じゅうだん》は私の顔の脇《わき》をかすめ、背後の壁《かべ》にめりこんだ。

反動で手がしびれたのか、老人は顔をしかめている。

銃《じゅう》を撃《う》つ訓練は、ほとんど受けていないようだ。

だが――。

老人は荒《あら》く呼吸しながら、再び銃《じゅう》を構えた。

その目は血走っており、先ほどまでの理性的な雰囲気《ふんいき》はどこにもない。

（まずい……！）

冷《ひ》や汗《あせ》が一気に流れた。

訓練をろくに受けてない人間が銃《じゅう》を連射した場合、どこに当たるかわからない。

老人が手にしている銃《じゅう》はエージェントの銃《じゅう》と同じもので、十八発もの弾《たま》を装てんできる。

でたらめに撃《う》ったとしても、一発か二発は、私たちの体に当たるかもしれない。

急所に当たったら、おしまいだ。

「伏《ふ》せて！」

思問がテーブルの陰《かげ》に身を潜《ひそ》めた直後、何発もの銃弾《じゅうだん》が私たちの頭上を通り過ぎた。

「はっ……はっ……」

苦しそうに息をしながら、老人がつぶやいた。

「邪魔《じゃま》などさせるものか……。私は私の理想を、必ず実現してみせる……！」

ザッ、ザッ。

絨毯《じゅうたん》を踏《ふ》みしめる足音が、テーブルの向こうから聞こえてくる。

（こっちに近づいてる！）

テーブルを回《まわ》り込《こ》み、至近距離《きょり》から私たちに銃弾《じゅうだん》を浴びせるつもりなのだろう。

（どうしよう⁉）

今すぐ飛び出し、老人に飛びかかるべきだろうか。

だけどその瞬間《しゅんかん》撃《う》たれたら——。

心臓が激しく脈打ち、緊張感《きんちょうかん》が全身を駆《か》けめぐる。

その時。

思問が私の耳元でささやいた。

「僕《ぼく》がおとりになる」

「え……!?」

「僕《ぼく》が撃《う》たれたら、シュレディンガーの猫《ねこ》を使えばいい。君が撃《う》たれたら、終わりなんだ」

飛び出そうとした思問の手首を、私はつかんだ。

「ミノリ……?」

不思議そうな顔で振《ふ》り返《かえ》った思問に、私は言った。

「私も行く」

何度となくループを繰《く》り返《かえ》し、ようやくここまでたどりついた。

また同じことを繰《く》り返《かえ》したとしても、ここまでたどりつけるとは限らない。

途中《とちゅう》で命を落とす可能性は、いつだってある。

今回のループも、一歩間違《まちが》えば途中《とちゅう》で死んでいただろう。
生きてここまでたどりつけたのは、奇跡《きせき》だ。
奇跡《きせき》は、何度も起こるものじゃない。
ごく短い間、私の目を見つめた後、思問はうなずいた。
「わかった。行こう」
私と思問は息を合わせ、それぞれ逆の方向に飛び出した。
銃声《じゅうせい》が響《ひび》き、放たれた銃弾《じゅうだん》がテーブルの表面をえぐり取る。
飛び散った木片《もくへん》が私の頬《ほお》に突《つ》き刺《さ》さったが、私は気にもとめなかった。
低い姿勢を保ちながらテーブルの周囲を走り、老人に迫《せま》る。
「小娘《こむすめ》がぁああっ……！」
老人が私に銃口《じゅうこう》を向けた。
とっさに横に飛びのき、再び距離《きょり》を詰《つ》める。
あと五メートル。
二秒とかからず、たどりつける距離《きょり》だ。
老人は焦《あせ》った表情で、銃《じゅう》を連射した。

一発、二発、三発。

銃弾《じゅうだん》は私のすぐ近くをかすめていく。

動くターゲットに命中させるのは、簡単じゃないはずだ。

だけど――。

ふいに太ももに激痛を感じ、私はその場に崩《くず》れ落《お》ちた。

「あぁあああっ……！」

左の太ももから流れた血が、床《ゆか》にしみを作った。

四発目の銃弾《じゅうだん》が、当たってしまったようだ。

とっさに手で押《お》さえるが、血は止まらない。

「はは……やったぞ！」

引きつったような笑《え》みを浮《う》かべながら、老人が言った。

動けない私に向かって、老人は狙《ねら》いを定める。

この距離《きょり》なら、頭に命中させることさえ可能かもしれない。

老人が引き金を引こうとした瞬間《しゅんかん》――。

「やめろ！」

思問が老人の背後から飛びかかった。

「邪魔《じゃま》をするな……！」

老人はしわだらけの腕《うで》で思問をつかみ、引きはがそうとする。

思問は懸命《けんめい》に食い下がるが、老人相手とはいえ体格の差は大きい。

もつれ合いの末、老人は思問の首筋に銃《じゅう》を突《つ》きつけた。

「終わりだ！」

見下すような目で、老人が言った。

「思問……！」

私が叫《さけ》んだ直後。

会議室に、銃声《じゅうせい》が響《ひび》き渡《わた》った。

決着

「ぐぅあああっ……！」

老人が右手を押《お》さえながら、苦悶《くもん》の表情を浮《う》かべた。

近くの床《ゆか》に、老人が手にしていた銃《じゅう》が転がっている。

「動くな！」

大人の男性の声が、扉《とびら》の方向から聞こえた。

目を向けると、銃《じゅう》を構えたマサトさんが立っている。

「確保しろ！」

マサトさんが指示を出すと、スーツ姿の男性たちが駆《か》け寄《よ》り、老人を組《く》み伏《ふ》せた。

「銃刀法違反《じゅうとうほういはん》の現行犯により、逮捕《たいほ》する」

男性の一人が、老人の手首に手錠《てじょう》をかけた。

「警察だと……？」

何が起こったのかわからないといった表情で、老人は目をしばたたかせた。

「馬鹿《ばか》な……！　警察がここに踏《ふ》み込《こ》んでくるはずが――」

マクスウェル財団のメンバーには、警察のトップにまで上りつめた人もいる。

その人の影響力《えいきょうりょく》により、マクスウェル財団はこれまで捜査《そうさ》の対象にならなかった。

だからこそ私は、その人が自由に動けないよう、事前に工作した。

通信機器と車に細工し、数時間は報告が届かず、すぐには動けないよう仕向けたのだ。

その結果、マサトさんたちは踏《ふ》み込《こ》むことができた。

（間に合ってよかった……）

ほっとした途端《とたん》、太ももの痛みがぶり返し、私は唇《くちびる》を噛《か》んだ。

「大丈夫《だいじょうぶ》か⁉　ミノリ」

青ざめた表情で、思問が駆《か》け寄《よ》ってくる。

「痛いけど……大丈夫《だいじょうぶ》だよ」

傷は深いが、血液の色を見る限り、動脈にダメージはなさそうだ。私はベルトを外し、太ももの付け根をしばり上げた。

「すぐに救急車を手配する」

私の傷を見るなり、マサトさんはスマートフォンで連絡《れんらく》してくれた。

「来てくれて、ありがとうございます」

痛みをこらえながら、私はマサトさんにお礼を言った。

「ハッピーメイカーとも関係のある事件だからね。こちらこそ、情報提供に感謝するよ」

マサトさんが目くばせすると、スーツ姿の男性たちは老人を立ち上がらせ、扉《とびら》の方向に歩かせた。

その途中《とちゅう》、老人が思問を見た。

「この決断を、お前はいずれ後悔《こうかい》するだろう」

思問は老人を見返しながら言った。

「どうしてそう思うんだい？」

「私は、未来のお前だ。いずれお前は、私と同じ考えを抱《いだ》くようになる」

「それはどうかな」

「人間は変わるものだ。良くも悪くもな」

そう言い残し、老人は連行されていった。

老人の去った方向を、思問は決意と、少しだけ寂《さび》しさを感じさせる目で見つめた。

マクスウェルの悪魔《あくま》

「マクスウェルの悪魔《あくま》」は、イギリスの物理学者・マクスウェルが考えた想像上の魔物《まもの》だ。温かいお湯と冷たい水を混ぜてぬるい水ができた時、自然に元の温かいお湯と冷たい水に戻ることはない。しかし、マクスウェルの悪魔《あくま》はそれを可能にする。

ぬるま湯の入った容器をAB二つの部屋に仕切り、間に小さなドアをつくる。そこに悪魔《あくま》を見張りとして配置する。部屋の中には水の分子が飛《と》び交《か》っているが、悪魔《あくま》は速い分子(エネルギーが高い分子＝熱い)がAからBへ向かう時と、遅《おそ》い分子(エネルギーが低い＝冷たい)がBからAへ向かう時だけドアを開く。すると、そのうちに、Aは冷たい水に、Bは熱いお湯になるというのだ。

悪魔《あくま》は、「速い分子がA室からB室に向かう時」と
「遅《おそ》い分子がB室からA室に向かう時」だけドアを開ける。

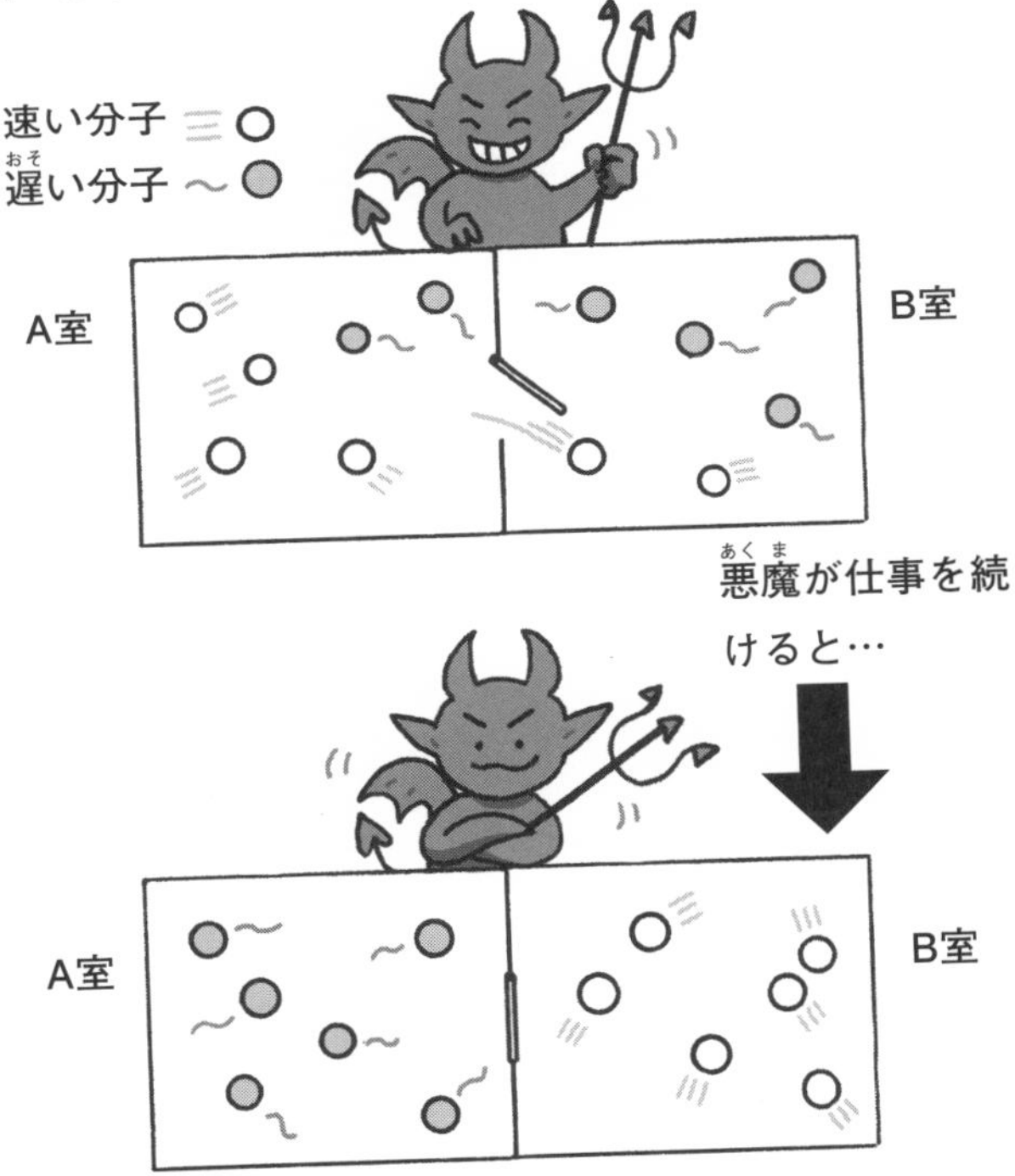

A室は冷たい水、B室は熱いお湯になる。

考えてみよう！

無限のエネルギーを生み出す方法はあるのだろうか?

エピローグ

一か月後。

傷痕《きずあと》こそ残ったけれど、元通り歩けるようになった私は、思問と共に公園に行った。

思問と出会った場所だ。

思問はシュレディンガーの猫《ねこ》を取り出し、ベンチに置いた。

「開けるよ」

「ああ」

私はフタに手をかけ、そっと開けた。

中を覗《のぞ》くと、小さな小さな猫《ねこ》が、くりくりした目で私を見上げている。

私と一緒《いっしょ》に、何年も同じ時間を生き抜《いぬ》いてきた猫《ねこ》だ。

顔を合わせるのは初めてだけど、親しみを感じずにはいられなかった。

「ニャア」と鳴き声をあげ、猫《ねこ》は箱を飛び出した。

楽しそうにあたりを走り回った後、猫《ねこ》は空気に溶《と》けるように消えてしまった。

「いなくなっちゃったの?」

「別の世界に移ったんだよ。量子的な存在だからね。フタを閉めれば、新しい猫《ねこ》が住みつくはずだ」

「そっか……」

少し寂《さび》しかったけれど、あの猫《ねこ》はきっと、私とは違《ちが》う次元に生きているのだろう。

フタを閉めると、思問はふうとため息をついた。

「これで、運命は確定した。時間は前に進みだすよ」

「ようやくだね」

あの老人が逮捕《たいほ》された後。

私たちはしばらく、世の中の動きを見守っていた。

リーダーが逮捕《たいほ》されたとはいえ、マクスウェル財団のメンバー全員が捕《つか》まったわけじゃない。

いざという事態に備え、いつでも過去に戻《もど》れるよう私たちは準備していたけど。

特に、事件は起こらなかった。

むしろ、静かすぎるぐらいだ。

アーバンタワーで起こったことは、ニュースにさえならなかった。

マスコミに財団のメンバーが潜《ひそ》んでいるからか、それとも偉《えら》い人が『シコウジツゲン装置のことは知らせないほうがいい』と判断したからか、理由はわからないけれど。

だから、アポロンが突然《とつぜん》サービスを終了《しゅうりょう》した理由を、世の中の人は知らない。

アポロンに頼《たよ》っていた人たちは、突然《とつぜん》アポロンがなくなり、途方《とほう》に暮れたことだろう。

シオリさんも、しばらくは困っていたようすだった。

だけど、ある日を境にシオリさんは就職活動を再開し、音楽関係の会社の面接を受け始めた。

「結果が読めないなら、受かる可能性があるかもしれないでしょ！」

と、シオリさんは言っていた。

もともと前向きで、へこたれてもすぐに立ち直るシオリさんのことだ。

採用されるまで、何社も面接を受け続けるだろう。

元恋人《こいびと》とも、たまに会っているそうだ。

アポロンによれば、二人はうまくいかないとのことだったけれど。

アポロンが『挑戦《ちょうせん》』をあきらめるよう仕向けていたのなら、その予言も確実に当たるとは限らない。

困難な未来が待ち受けていようと、二人が力をあわせれば、乗《の》り越《こ》えられるかもしれない。

(世界は、無数にあるはずだもんね)

私たちの行動によって、世界は枝分かれする。

可能性は重なり合っていて、どちらに転ぶかは私たち次第《しだい》だ。

「よっと!」

私はベンチから勢いよく飛び降り、くるりと回転した。

「見事なターンだけど……足は大丈夫《だいじょうぶ》かい?」

「いつまでも、休んでられないからね! 早くレッスンを再開しなくちゃ」

しばらく体を休ませていたため、私は動きたくてしかたなかった。

体育科の選考には、実技の試験もある。

それまでに、コンディションを万全《ばんぜん》にしておかないと。

「いつまでも、君は変わらないんだね」

ふいに、思問がつぶやいた。

「そうかな？」

「昔も今も、君はずっと、あきらめない人だった」

「そうでもないよ」

思問と出会った頃《ころ》の私は、先のことをほとんど気にしていなかった。

だから私は、前のめりでいられたのだと思う。

今は、先のこともそれなりに考えた上で、前に進もうとしている。

同じように見えるかもしれないけど、同じじゃない。

「時間が経《た》てば、人間は変わるものでしょ」

同年代の子より長く生きてきた私なら、なおさらだ。

「そういうものか」

考《かんが》え込《こ》むように、思問は腕組《うでぐ》みをした。

(思問も変わるのかな……？)

ふと、疑問がよぎった。

時間が経《た》てば、思問もあの老人のようになってしまうんだろうか。

それとも、まったく別の人間になるんだろうか。

「何か、気になることでもあるのかい？」

考《かんが》え込《こ》む私を見て、思問が尋《たず》ねてきた。

「ううん……何でもない。暗くなる前に、そろそろ行こっか」

「ああ」

私の手を取り、思問は立ち上がった。

冷たい冬の風が吹《ふ》き、私は帽子《ぼうし》をおさえる。

「あのさ……」

めずらしく、思問はもじもじと言葉を選んでいるようすだった。

「どうしたの？」

「その帽子《ぼうし》……まあまあ似合っていると思うよ」

「え……⁉」

思問の口からあまりに意外な言葉が飛び出したので、私は思わず転びそうになった。

顔を見られたくないのか、思問は顔をそむけている。

「……ありがと」

照《て》れ隠《かく》しに、私は帽子《ぼうし》を目深《まぶか》にかぶり直した。

（人間は変わるものだ。良くも悪くもな）
あの老人の言葉が、耳の奥《おく》にこだました。
（大丈夫《だいじょうぶ》——私たちなら）
冬の空気は冷えこむばかりで、春はまだ遠いけれど。
向かい風の中、私たちは歩きだした。

（第一部　完）

著　大塩哲史（おおしお・さとし）

脚本家、小説家。山梨県出身。早稲田大学卒。
代表作に、〈ゲーム脚本〉「MASS FOR THE DEAD OVERLORD」、
〈漫画脚本〉『未来デリバリー ちいさなアシモフと緑の忘れ物』、
〈ドラマ脚本〉「ＤＯＲＯＮＪＯ／ドロンジョ」「さんすう刑事ゼロ」などがある。

絵　朝日川日和（あさひかわ・ひより）

イラストレーター。
3月3日生まれ。香川県出身。
書籍・ゲーム・グッズ・キャラクターデザインなど、多方面で活躍中。

装丁　川谷デザイン
コラムイラスト　佐藤まなか
本文図版　谷口正孝
校閲　野口高峰（朝日新聞総合サービス）
編集デスク　竹内良介
編集　河西久実

ナゾノベル

悪魔《あくま》の思考《しこう》ゲーム3

繰《く》り返《かえ》す3日間《かかん》

2024年3月30日　第1刷発行

著者　大塩哲史
絵　朝日川日和
発行者　片桐圭子
発行所　朝日新聞出版
〒104-8011　東京都中央区築地5-3-2
電話　03-5541-8833（編集）
03-5540-7793（販売）
印刷所　大日本印刷株式会社
ISBN 978-4-02-332327-8
定価はカバーに表示してあります。
落丁・乱丁の場合は弊社業務部（03-5540-7800）へご連絡ください。
送料弊社負担にてお取り替えいたします。

ナゾノベル
著《ちょ》 三国月々子《みくにつづこ》
絵《え》 おく
伝説《でんせつ》と伝統《でんとう》に彩《いろど》られた
バトルファンタジー
鬼《おに》切《きり》の子《こ》
2
異界《いかい》に隠《かく》された少女《しょうじょ》
封印《ふういん》が解《と》け、最恐《さいきょう》の敵《てき》が復活《ふっかつ》する!!
1
異界《いかい》から来《き》た少年《しょうねん》
人《ひと》の心《こころ》を喰《く》らう鬼《おに》と戦《たたか》う!